FOOD PEACE

Modadugu Vijay Gupta

Editing and Printing by : The Sunhak Peace Prize Committee Secretariat Office
Published by : Mirae Book
Printed by : Kwangil Printing Enterpriser Co.
Design by : Design feel
Published Date : February 2016

ISBN : 978-89-92289-78-8 03800
Price : 15,000won

The Sunhak Peace Prize Committee Secretariat Office
7F Dowon Building, 34 Mapo-Daero, Mapo-Gu, Seoul, Republic of Korea 04174
Phone : +82)2-3278-5154 / Fax : +82)2-3278-5198

기획 · 편집   선학평화상위원회 사무국
발 행 처   미래북
인   쇄   광일인쇄기업사
디 자 인   디자인필
발 행 일   2016년 2월 1일

ISBN : 978-89-92289-78-8 03800
정 가 : 15,000원

선학평화상위원회 사무국
121-728 서울시 마포구 마포대로 34 도원빌딩7층 / 전화 02-3278-5152 / 팩스 02-3278-5198

Modadugu Vijay
GUPTA

Contents

Dr. Gupta, the pioneer of the Blue Revolution

Peace is not just the absence of war, but the absence of various forms of violence including war and various forms of deprivation that threaten humanity. Chairman Sugata Dasgupta of the Gandhian Institute of Studies pointed out the severity of the miserable lives that those in Third World countries face, such as poverty and hunger, and asserted that the challenge for peace research is to solve these problems. By extending this view, Dr. Johan Galtung, Norwegian sociologist and founder of the peace and conflict studies, divided violence into direct and structural violence and suggested that the world should try to realize positive peace by resolving structural violence.

Under this historical background of peace research, the Sunhak Peace

Prize Committee discussed what would be the most imminent crisis in peace that future generations will face. Population growth, climate change, food crisis, energy depletion, water shortage, etc. are named as the representative future crises that will threaten our lives. But these various crises are interconnected with one another and one crisis induces or causes the other. The Sunhak Peace Prize Committee has cited food crisis which is directly related to human survival, as one of the most important crises among them.

The sign of food crisis occurring in the short term in a global context is the surge of international grain prices. It leads to imbalance between supply and demand, making the grain exporting countries restrict exports. If this situation is restricted to a certain period and area, it will not be a fundamental problem. However, if it is prolonged and spreads worldwide, the possibility of food weaponization cannot be excluded. In particular, the countries that are weak in food self-sufficiency will face food security crises. Food security is emerging as a globally important issue due to various problems such as population growth, surging oil, foodstuff prices, and climate change.

Often the imbalance in food distribution is blamed as the fundamental cause of the food crisis. Food is not equally distributed globally causing aggravating international, inter-regional, inter-class polarization. However, equal distribution of food is possible only when several complex problems are resolved. For example, in China and India with a third of the world population, people suffer from the shortage of resources such as clean water and arable land. As overseas support for food supply becomes more limited, the environment and technology for ensuring food self-sufficiency becomes ever more important.

Our Committee has identified securing of food resources through the development of marine resources, as a potential solution to this food crisis. The founder of the Sunhak Peace Prize, Rev. Sun Myung Moon said, "When

I look at the world situation, I feel that securing sufficient food supplies is the most pressing problem. Solving the food crisis cannot be put off for even a moment. Even now, some twenty thousand people around the world die of hunger-related causes every day. We cannot afford to be apathetic just because we and our immediate families are not facing hunger. Simply distributing food supplies by itself will not resolve hunger. A more fundamental approach to the problem is needed. I am considering two fundamental and concrete methods. The first is to provide ample supplies of food at low cost, and the second is to develop and share technology that people can use to overcome hunger on their own."

He also stressed, "The issue of food will present humankind with a very serious crisis in the future. We cannot build a world of peace without first resolving the food issue. Sufficient food supplies for all the world's population cannot be produced on the limited amount of land area that is currently available. We must look to the oceans for a solution. The oceans hold the key to solving the food crisis of the future. This is the reason I have been pioneering the oceans for the past several decades."

In this regard, our committee selected Dr. Modadugu Vijay Gupta, who has raised global attention to the issue of food crisis and endeavored to solve it, as a laureate of the first Sunhak Peace Prize. This booklet was made to highlight Dr. Gupta's valuable humanitarian works. Dr. Gupta is not just a scientist who studies aquaculture but the pioneer of the Blue Revolution and is genuinely concerned about the world's food security, especially as it pertains to the poor and has endeavored to solve it. We hope this book will help you understand Dr. Gupta's work and the warm heart that guided it.

January 2016
The Sunhak Peace Prize Committee

Food Peace

Food is the most essential resource necessary for maintaining our lives. For years, governments and the international community have made efforts to secure food. But food shortages still remain as an intractable problem of the world and hundreds of millions of people are suffering from the pain of hunger.

According to a report by the Food and Agriculture Organization of the United Nations (FAO), the undernourished population in 2014 was 805 million. Although the number has decreased by about 290 million as compared to the period in 1990-1992, it means that one out of nine in the world does not consume enough food necessary for living an active and healthy life.

According to FAO, most of the malnourished population live in developing countries, with about 790 million in 2012-2014. Africa has shown slow decrease of the starving population as compared to other parts of the world. In Sub-Saharan Africa, one out of four suffers from food shortages because of frequent conflicts and natural disasters. In Malawi, half of the children under age 5 are underweight. And Yemen of the Middle East is reported as one of the most severely food insecure nations in the world due to their political and economic instabilities and disputes.

Also Asia is home to 526 million or 2/3 of the world's malnourished population. Especially in West Asia, the food shortage problem has aggravated recently due to political instability and economic recession, with the malnourished population increasing by as much as 2.4% from 6.3% in 1990-1992 to 8.7% in 2012-2014. Therefore, consistent and integrated efforts to reduce starvation in Asia and Africa are necessary.

Undernourishment around the world, 1990-2 to 2012-4
Number of undernourished and prevalence(%) of undernourishment

	1990-2 No.	1990-2%	2012-1 No.	2012-4%
World	1,014.5	18.7	805.3	11.3
Develped regions	20.4	<5	14.6	<5
Develping regions	994.1	23.4	790.7	14.5
Africa	182.1	27.7	226.7	20.5
Sub-Saharan Africa	176.1	33.3	214.1	23.8
Asia	742.6	23.7	525.6	12.7
Eastern Asia	295.2	23.2	161.2	10.8
South-Eastern Asia	138.0	30.7	63.5	10.3
Southem Asia	291.7	24.0	276.4	15.8
Latin America & Carib.	68.5	15.3	37.0	6.1
Oceana	1.0	15.7	1.4	14.0

The changing distribution of hunger in the world: numbers and shares of undernourished people by region, 1990-92 and 2014-16

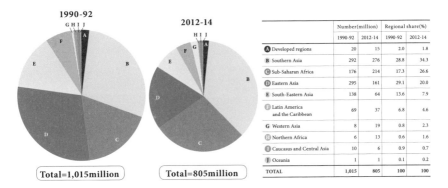

		Number(million)		Regional share(%)	
		1990-92	2012-14	1990-92	2012-14
A	Developed regions	20	15	2.0	1.8
B	Southern Asia	292	276	28.8	34.3
C	Sub-Saharan Africa	176	214	17.3	26.6
D	Eastern Asia	295	161	29.1	20.0
E	South-Eastern Asia	138	64	13.6	7.9
F	Latin America and the Caribbean	69	37	6.8	4.6
G	Western Asia	8	19	0.8	2.3
H	Northern Africa	6	13	0.6	1.6
I	Caucasus and Central Asia	10	6	0.9	0.7
J	Oceania	1	1	0.1	0.2
	TOTAL	1,015	805	100	100

Note: The areas of the pie charts are proportional to the total number of undernourished in each period. Data for 2014-16 refer to provisional estimates. All figures are rounded.
Source: FAO. Souece : FAO The State of Food Insecurity in the World 2014 p. 8

[Figure 1: Changing distribution of hunger in the world as reported by FAO in 2014]

Although the global starving population exceeds 800 million, the global food crisis is becoming more severe. Especially, the increase in the instability of international food supply and demand due to the steep rise of crop prices in 2008 made food security to be seen as one of the most important issues for the future of mankind.

For about 20 years, the international grain market remained relatively stable. But as the rapidly increasing demands for grain surpassed its production since 2004, the international grain prices are surging rapidly. In addition, due to the severe meteorological disasters in 2005 and the increase of agricultural production costs due to the rise in oil prices in 2007-2008, the international grain prices has risen to an unexpected level. During this period, the World Bank's Food Price Index has risen by 60% within a few months, and the international prices of corn, rice and wheat

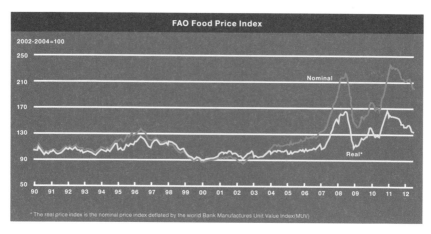

[Figure 2: Evolution of the FAO Food Price Index (1990-2012)]

have risen 70%, 180% and 120%, respectively, as compared to mid-2007.

The steep rise of international grain prices in 2007-2008 has aggravated the economic status of food importing countries. In particular, it brought peril to the developing countries with chronic food problems. The poor developing countries were badly damaged because they expend most of their income to buy food but were unprepared for the price increase in grain. According to a study conducted by World Bank, during the period of global food crisis, the starving population doubled from 100 million to 200 million and the malnourished population reached 63 million. Although the prices of food and oil decreased in mid-2008, they rose again in June 2010 and 2011 consecutively. In addition, as the global economic crisis and depression in 2008 were protracted, the poor in low-income countries were badly affected.

The surge of grain prices is not a temporary phenomenon but a global and structural problem derived from climate change, increased consumption of animal food in developing countries, and increased demand on grains as source of bioenergy, etc.

The first cause of the surge of grain prices is climate change caused by global warming. According to the 5th assessment report by the Intergovernmental Panel on Climate Change (IPCC), the global mean temperature has risen by 0.85 degrees over the past 133 years and the global average sea level has risen by 19 cm over the past 110 years because of the greenhouse gas effect. The climate condition is a critical factor in agricultural production. Recently, the worldwide abnormal weather conditions due to global warming such as droughts, storms, and floods, are badly affecting the production of major grains. Australia was the world's 2nd wheat exporter, producing 25 million tons a year, but the wheat production in 2006 decreased by as much as 60% because of drought. The traditional rice exporting country of Myanmar, had to import rice in 2008 because seeping seawaters destroyed the inland rice paddies due to storm. In the US, corn production in 2012 decreased 5.4% because of severe drought. Russia also showed a 32.8% decrease in wheat production in 2010 due to drought. The farm land at the seashore changed into a waste land due to the rise in sea level, and the depletion of groundwater zones made sustained agricultural production difficult. Already in Africa, the arable land is decreasing and the basis of agricultural production itself is shaking due to the desertification caused by global warming. The Food and Agricultural Policy Research Institute (FAPRI) predicts gloomily that the prices of major grains will rise continuously for a decade from now, because the global grain production will decrease due to climate change but its demand will increase continuously.

The second cause of the rise of grain prices, is the increased consumption of animal food following the economic growth by developing countries.

With the economic growth and increased income of countries like Brazil, Russia, India and China, the consumption of animal food is rapidly increasing. China's meat consumption increased by 10.4% in 5 years, from 62.1 million tons in 2006 to 685.8 million tons in 2011, and India's milk consumption increased 26.3% in the past 5 years. According to a report by the High Level Panel of Experts of the Committee on World Food Security, 61.1 kg of grain is needed for producing 1kg of beef protein and 38 kg of grain is needed to produce 1 kg of pork protein. Accordingly, as the consumption of grains for animal feed increases explosively, more countries are importing grains and the prices of major grains are increasing sharply.

Third, the rapid increase of consumption of grains as a source of bioenergy is closely associated with the rise of food prices. As the economic value of bioenergy increases with the surge of oil prices, many countries are competitively developing bioenergy. During the 6 years from 2006 to

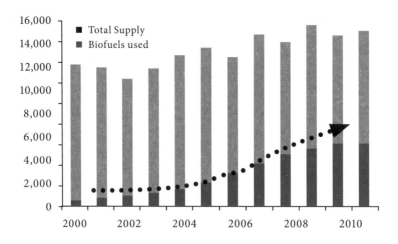

[Figure 3: Proportion of global corn production used for biofuel (UNDA, 2011)]

2011, the global bioethanol production increased as much as 3 times as compared to 2000-2005. In the US which leads bioenergy development, the consumption of corn as a source material is increasing rapidly. In 2008, 150 million tons of corn was used for production of bioenergy, accounting for 30% of the total corn consumption in the US. Globally, about 13% of the total corn consumption was used for bioenergy production and 60% was used as feed in 2007. As the food grains are used for energy production, the food crisis is becoming more serious.

Despite the accelerated food crisis caused by these various factors as well as the instability of food supply and demand, the ongoing increase of world population casts a dark shadow over the future food security of humankind. The world population increased from 2.5 billion in 1950 to 6.1 billion in 2000, and is expected to reach 9.1 billion in 2050.

According to FAO's "2050 Human Survival Report"(2009), the world

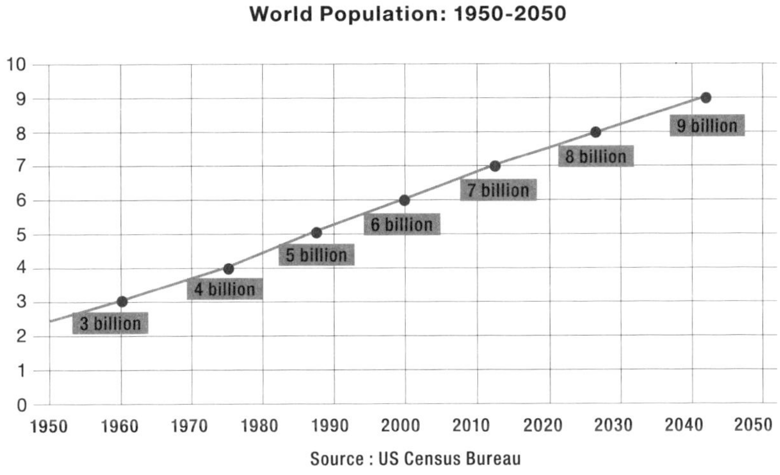

World Population: 1950-2050

Source : US Census Bureau

[Figure 4: Increase of world population (1950-2050)]

population will increase to 9.1 billion in 2050, which means that food production should increase by 70% to feed them. The International Food Policy Research Institute (IFPRI) estimates that in 2050 corn prices will increase by 42-131%, rice prices by 11-78%, and wheat prices by 17-67%, because of increased population. It is however, predicted that although the demand on grains will increase further due to the increased population and income, the increase in production will slow due to global climate change.

Not only grains, but also increased prices for fish called "fishflation" and the seafood crisis are also accelerating in marine products. FAO pointed out that the possibility of inflation is high because of the shortage of fisheries resources despite the rapidly increasing marine product consumption, and gloomily predicts that about 30 million tons of marine products will be deficient globally by 2030.

The change in the ocean due to climate change and the change in fishing methods using large fishing vessels are seen as the root causes of the insufficient supply of fishes. The fisheries resources are being depleted gradually because of reckless overfishing and global warming. Although the change in the ocean due to climate change needs to be studied over an extended period of time, many solutions are given regarding fishing methods. Typical examples are 'prohibiting fishing during the breeding season' and 'regulating the size of net meshes' to protect small baby fishes still growing to adult size. But even if the world agrees on these policies, the prospect of increasing fish production from oceans and rivers is not so bright, because climate change is unpredictable and it is difficult to determine how long it will take to restore the depleted fishing grounds.

The rapid increase of fish consumption is also a major cause of fishflation.

According to a report by the FAO Fisheries and Aquaculture Department, the annual global marine product consumption per capita is expected to increase from 16 kg in 2004 to 19-21 kg in 2030. In particular, an increase of 60% is expected in South Asia, 50% in Latin America, and 84% or more in China. The per-capita marine product consumption in China is increasing rapidly at 6%, more than double the increase of the global per-capita marine product consumption at 3%. FAO predicts that with the rapid increase in

Table 1

World fisheries and aquaculture production and utilization

	2004	2005	2006	2007	2008	2009
	(Milion tonnes)					
PRODUCTION						
INLAND						
Capture	8.6	9.4	9.8	10.0	10.2	10.1
Aquaculture	25.2	26.8	28.7	30.7	32.9	35.0
Total inland	33.8	36.2	38.5	40.6	43.1	45.1
MARINE						
Capture	83.8	82.7	80.0	79.9	79.5	79.9
Aquaculture	16.7	17.5	18.6	19.2	19.7	20.1
Total marine	100.5	100.1	98.6	99.2	99.2	100.0
TOTAL CAPTURE	92.4	92.1	89.7	89.9	89.7	90.0
TOTAL AQUACULTURE	41.9	44.3	47.4	49.9	52.5	55.1
TOTAL WORLD FISHERIES	134.3	136.4	137.1	139.8	142.3	145.1
UTILIZATION						
Human consumption	104.4	107.3	110.7	112.7	115.1	117.8
Non-food uses	29.8	29.1	26.3	27.1	27.2	27.3
Population (*billion*)	6.4	6.5	6.5	6.7	6.8	6.8
Per capita food fish supply (*kg*)						

Note : Excluding aquatic plants. Data for 2009 are provisional estimates.

[Table 1 : Global supply and demand of marine products]

global marine product consumption, the prices of marine products will also rise continuously.

As a solution to the seafood crisis, FAO and some researchers suggest to increase 'cultured or farmed' marine products. According to FAO statistics, whereas the global marine product production remains stagnant, the production of marine products by fishing is decreasing and the production of cultured products is increasing. That is to say, the amount of fish captured in the sea is decreasing, but the amount of fish produced in fish farms is increasing.

As of 2012, the global fish production was 158 million tons, with 66.6 million tons from aquaculture and 91.3 million tons from captured fisheries. The production from aquaculture has increased consistently to 48.8% of global fish consumption and is expected to contribute 62% of total fish production by 2030.

While inland fishing has increased by 17.4%, production of marine products by sea fishing has decreased by 4.7% during the same period and is not expected to grow in the near future. However, fish production by aquaculture has increased both inland and in the sea by 31.5% during the same period.

Many food experts feel that aquaculture is the most important food industry in the 21st century. Agriculture has already reached its limit in terms of arable land and is difficult to grow much further partly due to environmental harms done. Reckless fishing using fishing vessels will spoil the sustainable fisheries because there is only a limited quantity of marine resources left. But aquaculture is different. Like farming on land, aquaculture in the vast ocean and freshwaters can be a solution to humanity's food crisis if supported by adequate technology. Of course, there is a prerequisite. The aquatic environment should be well protected and feed should be well provided to fish. If these two conditions are satisfied, aquaculture will become an important solution for overcoming the global food crisis.

In this context, Dr. Gupta's aquaculture research is gaining attention as a solution to humanity's future food insecurity. The various aquaculture technologies developed by him have remarkably increased fish production and are seen as a solution to the unstable supply and demand of food in the future. Above all, Dr. Gupta approached aquaculture not only as a technology for increasing food production but a way of helping those in poverty by providing them with high-quality animal protein at low cost. Dr. Gupta's efforts were based on his love for humanity. He has proposed a solution to the aggravating food crisis and starvation of poor farmers in countries such as India, Laos, Thailand, Vietnam, Bangladesh, and Africa by disseminating aquaculture technology to them.

Many futurologists predict that the next global food crisis will occur in 20-30 years due to climate change and an explosion in population. The food crisis will strike the poor most severly. Learning from history which shows that economic growth does not necessarily lead to reduction of hunger, Dr. Gupta is addressing the world to make sure that those in poverty are also ensured food security through aquaculture.

 My lifetime goal is
contributing for a peaceful
world that we can all aspire
for through alleviating
hunger and poverty."

Watching fishermen at sea

Modadugu Vijay Gupta was born on August 17, 1939 in Bapatla, a town in Guntur district located in Southern India. Guntur is a city in the state of Andhra Pradesh. A hub of transportation located on the delta of the Krishna River, Guntur is also famous for the cultivation of spices such as red pepper and turmeric. It has fertile soil because it is located on the delta and the weather is also good for agriculture. The largest spice wholesale market in Asia is located in Guntur.

Gupta was born as the third son of his father Nagendra Gupta and his mother Rajyalakshmi and grew up in a relatively affluent environment. His father, who was a lawyer, used to take him to the beach in his free time as they only lived 5 km away. The warm and blue Indian Ocean seemed to

"Gupta's interest in fisheries came
while growing up watching poor fishermen catch fish.
His father raised him to become an outstanding person
who helps those in need. Thus his desire to help poor
fishermen grew as he got older."

always welcome Gupta.

What caught young Gupta's eyes were the fishes swimming in the sea. There were an abundance of fish in the deep blue sea. Gupta preferred watching the fish with his head underwater while swimming, because he could see small fishes swimming in herds without having to go to the deep.

Then one day, Gupta saw a pink fish. The fish reminded him of his mother because his mother liked to wear a pink scarf. He wanted to catch the fish and show it to his mother, but the fish was difficult to catch even though it moved slow and was within his grasp. Young Gupta was displeased and returned to his father with a sullen look.

Young Gupta's eyes widened as his father was taking him home. A man passed by with a net filled with small fishes. Although the pink fish Gupta wanted to catch was not there, he was curious about the man.

"Dad, who is that?"

"He's a fisherman. He catches fish for a living."

"Then did he catch all those fish on his own?"

"Sure, that's what fishermen do."

Gupta's father answered his questions with a beaming face. For young Gupta, fishermen seemed like people with great ability. It was wonderful to see that the man knew how to catch so many fish, when he could not even catch a single one even after struggling all afternoon. But the fisherman was wearing shabby, dirty clothes and looked tired.

"By the way dad, why does he look so frail?"

"Fishing is a tough job. It takes a lot of effort ."

Gupta could not understand why the fisherman was poor even though he is good at fishing. Why can't he catch more fish? "I wish fishermen were rich..."

"There are many people in the world who are poorer than us son, especially in India. Many hard working people live in poverty because of the large population. I hope you will grow up to become someone who can help them."

Gupta's father gripped his hand firmly as he spoke. On that day, Gupta determined to become a person who can help the fishermen, with his hand tightly gripped in his father's big and warm hands.

From that day on, Gupta observed fishermen carefully. For Gupta, the fishermen were remarkable and great people. Gupta had never eaten fish before because his family was strictly vegetarian. So it was interesting to know that there were people who actually caught fish for a living.

Gupta's father wanted him to be a doctor and help the poor. In India in the 1940's, there were many people who suffered from hunger but could not receive medical help. Knowing this better than anyone, Nagendra Gupta told his sons that those who are economically stable should be willing to help those in need. He stressed the importance of learning to be helpful.

After graduating from Bapatla High School, according to his father's wish Gupta was meant to enter medical school. However, Gupta was more interested in biology than medicine. Although he did not choose to study medicine, Gupta's father always encouraged and supported him to study hard. Thus, Gupta could continue his study at Guntur College and Banaras Hindu University. After graduation, Gupta worked as a lecturer at a local college as well as the chairman of the Department of Zoology at Sibsagar College.

Holding onto his father's teachings during childhood, he never forgot

"Gupta felt that fish was absolutely necessary to
help starving people in India overcome their suffering
from nutrient deficiencies."

the importance of using his knowledge for the sake of others. How can I help others? Whenever he contemplated this, he would always remember the fisherman he saw as a child. Finally, he determined to study more about fishes because in his mind, he saw the potential in it helping the starving people of India.

Gupta noticed that it was unlikely that those without enough economic power could secure food or own land to produce food on their own. The only alternative was to catch fish for food in the sea or river which were available to all.

He also noted the nutrient deficiency in Indian children. In India, there were many children who were night-blind due to vitamin A deficiency or blind due to corneal disorders. Especially in Assam, blindness was common among children. Gupta was surprised to see that there were far more blind children in Assam than in his native region of Guntur. Research found that children in Assam were more deficient in micronutrients including vitamin A than their counterparts in Guntur. Furthermore, the people in Assam consumed less fish than those in Guntur.

Gupta became more confident in aquaculture as the practical solution to alleviate the state of extreme poverty and children's micronutrient deficiency of Indian families. To study this more systematically, he got a doctorate in Biology at the University of Calcutta.

Now, Gupta had a new dream of solving global hunger. Despite the world's social development, much of the modern global population is still suffering from hunger. Although the starving population has decreased continuously during the past two decades, as many as 800 million are still in hunger. Unfortunately, 25% came from India. One out of four Indians are still exhausted from hunger and poverty despite the country's scientific and economic advancements.

What Gupta saw as more serious was the food security issue that could not be measured with GDP. In general, we are prone to think that poverty will be solved if GDP increases, because it signifies economic development. Though India is the world's largest producer of agricultural products like wheat, rice, and cotton, as well as other products like milk, beans, and spices, 350 million people still suffer from malnutrition.

What is worse is the malnutrition of Indian children. It is reported that 43% of Indian children are undergrown due to malnutrition. The nutritional condition of Indian children ranks 120th out of 128 countries in the world. Out of the 3.1 million children that die each year, 1.1 million or a third of them die of hunger.

Why can't the world's major agricultural producer and economic power feed its own people? It is because although India produces food, its people cannot afford to buy the food. Because they do not own their land, they cannot claim their rights on their produces. They cannot get enough food from farming on leased land. Yet, those who can borrow land for farming are still the lucky ones. Some can't even aquire land for cultivation.

Gupta was faced with a harsh reality in India, that despite the increase in national GDP and food production, if the poor cannot buy food they cannot overcome hunger. So, he began to study ways to allow the poor community to produce their own food, one of which was aquaculture.

Beginning aquaculture research

As a biologist, Dr. Gupta began his career in 1962 researching 'fisheries' at the Indian Council of Agricultural Research. His acquaintances were surprised that he chose fisheries even after receiving a doctorate. They all had expected that Dr. Gupta would return to Guntur and become a professor of a university or take up some other well paying job.

Even his parents who had encouraged and supported Dr. Gupta up until that point, did not agree with his choice. In India where over 50% of the population are vegetarian, fish was not an important food source and fishing or aquaculture was not recognized as subjects of industry. So his parents wanted him to take up a job with more comfortable conditions rather than one without a future.

Aside from his parents, Dr. Gupta's acquaintances also tried to dissuade him from working as a fisheries scientist. Not knowing the importance of his research, they even thought that Dr. Gupta took this path because he could not obtain a proper job. For them, Dr. Gupta was an object of pity.

But, Dr. Gupta did not mind. He understood that the field he chose was not the kind of job that would give him notoriety. But on the contrary, he was happy because he could begin working for his dream of "alleviating hunger by increasing fish production."

Dr. Pantulu, who employed Dr. Gupta as a fisheries scientist, remembered when he interviewed Dr. Gupta. "I could feel his sincerity because he was deeply interested in aquaculture and was very serious. Being deeply impressed by him, I selected Dr. Gupta to be on our team of researchers, and even after our project ended I wanted to continue working with him."

The impression Dr. Pantulu had of Dr. Gupta turned into conviction. Dr. Gupta not only showed good promise in research with a clear mind and profound knowledge but also worked honestly. Dr. Pantulu recollected, "I was convinced that Dr. Gupta would succeed in any research I entrusted him with. While many scientists have the skills but lack diligence, Dr. Gupta was the most able and yet was also the most hard working. He was one of the most promising scientists in India."

In the 1960's when Dr. Gupta started his research, the concept of aquaculture was relatively unknown in India. So, he began by researching traditional styles of catching wild fish by fishing and netting. However, the increasing demand for fish could not be met with the traditional methods alone. Various aquaculture research were conducted to improve fish production and meet the gradually increasing consumer demand for fish,

Dr. Gupta also shifted from wild fisheries to aquaculture research and began to study the method of increasing fish production through aquaculture.

At the time, the national average for annual fish production was only 700-800 kg per hectare. Research undertaken by other researchers under laboratory conditions saw production yield 3 tons per hectare. Under ideal laboratory conditions, the technology increased fish production by 4 times.

Although new aquaculture technologies were developed, it was not adopted by the farming community. The technologies were developed in experimental farms in laboratories under ideal conditions, and many times were not relevant to their farming conditions and also not financially viable. It was difficult for farmers to make the investment necessary with such uncertainties.

As farmers were reluctant to invest in the aquaculture technology, the researchers also saw it difficult to develop the aquaculture technology suitable for the actual farm environments. To practically adapt the aquaculture technology to the unpredictable farm situations, they had to conduct their research at the farms. For researchers who had been conducting their research in comfortable laboratories, to leave their confines for the field seemed reckless and risky. In addition, although much time and effort would be necessary to localize the technology, the results would be unpredictable.

Even as most people hesitated, Dr. Gupta saw things differently. He thought that the reality of India cannot be changed by only conducting research in the laboratory. As his father had always said, technology and knowledge only have meaning when they are used for the betterment of humanity. He did not choose to study aquaculture for honor or a comfortable and stable life. He had a firm conviction that helping small-scale farmers achieve food security through aquaculture was the solution to alleviate India from hunger and children from nutrient deficiency. And if he could succeed here, he could succeed anywhere.

The Indian Council of Agricultural Research (ICAR) welcomed Dr.

"As Dr. Gupta chose to specialize in the field of aquaculture, he was happy to be able to begin his research towards his dream of increasing fish production and alleviating starvation globally."

"While most people doubted, Dr. Gupta was convinced
that in order to change India's reality, it was not enough
to just continue research in the lab."

Gupta's idea and asked him to adapt and apply the aquaculture technology to the prevailing farm conditions. Dr. Gupta approached the farm feeling tense. Until then, he had never done any farming or aquaculture in the field. But he went out ambitiously into the farming communities and development agencies with the sense of duty to increase fish production.

The first task Dr. Gupta took in the field was to see the natural and human resources the farmers had and understand their potentials and possibilities. In addition, he had to check the constraints that the farmers had. From there, Dr. Gupta started modifying the technologies developed at the research institute in consultation with the farming communities. The results were amazing. In its first year from introduction, 5-6 tons of fish were produced per hectare compared to 3 tons per hectare under laboratory conditions.

No one could imagine such a remarkable result could be achieved from the first year of implementing aquaculture technology to the farms, because there had been deep distrust between the farmers and scientists that nobody was willing to use the techonology in the actual farms. Even the researchers that developed the technology thought that the result would not be desirable in its first year because the farm environment was unpredictable compared to the ideal conditions of the laboratory.

But Dr. Gupta thought differently. He predicted that if positive results were not made in the first year, the distrust in the farming communities would deepen and it would be impossible to apply the aquaculture technology to the farms later. Thus, Dr. Gupta devoted himself to disseminating aquaculture and gaining the farmers' trust by living as one of them at the farm. There, Dr. Gupta looked more like a farmer than a scientist.

Dr. Gupta recollected his thoughts during the beginning stages of the research saying, "I went to the farm and stayed with the farmers because I thought it was important to form personal relationships with the farmers. I thought that I could only succeed in aquaculture when the farmers trusted me."

The farmers were deeply impressed by Dr. Gupta's sincerity. Unlike other scientists, Dr. Gupta did not just spend a few minutes with them and leave, but stayed in the farms and monitored how the fishes behaved at night. Moved by Dr. Gupta who conducted his research while eating and sleeping together with them, the farmers opened up more and became more diligent in their work. As a result, farmers produced 7 times more fish than ever before and could not contain their joy. They voiced in unison that "it is a revolution" and appreciated what Dr. Gupta did for them.

Dr. Gupta recollected the pleasure he felt at that time.

"It was a big jump. At that time they called it 'Aqua-plosion'. Now they call it the 'Blue Revolution.' People started to believe what we could achieve in the rural farming conditions."

Dr. Gupta's achievement was a game-changing event in the development of aquaculture in India. From a production of 75,000 tons of fish from aquaculture in the 1970s, India produced over 4 million tons of fish annually in 2014. The fish production increased explosively due to the revolution in aquaculture technology suited for small-scale farmers.

Dr. Gupta was able to devote himself to research because his wife and family ardently supported him. During the early stages, Dr. Gupta's salary was not enough to support his family and he could hardly care for them as he lived at the farm. But his wife never complained. Rather, she encouraged Dr. Gupta to continue his research. Although his wife was strictly vegetarian and did not eat fish, she understood the importance of her husband's work to help the poor.

"Dr. Gupta's achievements gave a
new start for India's aquaculture development. Fish
production in the 1970's was 75,000 tons, but grew to
more than 4 million tons annually by 2014."

However, following Dr. Gupta in his travels around India was no easy task. Life was unstable and Dr. Gupta was almost never home. Dr. Gupta had two sons and they would complain that their daddy was never around.

They would have to persevere even more as Dr. Gupta's research became increasingly successful and his services was needed overseas. Even abroad, Dr. Gupta hardly stayed home conducting aquaculture research while living with farmers in the local setting. His wife learned the language and made efforts to adapt to the country. In an interview Mrs. Gupta answered a question about her marriage, "Are you asking if I have regretted marrying Gupta? I have never regretted it. But there were hard and difficult moments." It seemed that there are many stories hidden in her smile.

The toughest trial for her was living apart from her sons. "The hardest time was when our sons had to study intensively. Because the region where we were was educationally in poor condition, we decided to send them to boarding school." This was no easy decision.

Mrs. Gupta, who had cared for their children from birth until this point, was forced to choose between leaving with her children or sending them away and staying to care for her husband who was almost never home. She was worried her sons were too young and still needed her. But she decided to stay with Dr. Gupta to take care of him.

On the day when her children went away to the boarding school, Mrs. Gupta explained their father's dream to them, telling how dedicated their father was to help starving people. She encouraged them to study hard just like their father for the sake of those in need. Mrs. Gupta used to say to her children, "It is our family's mission to help the poor." Thanks to such teachings as these, their sons grew up knowing right from wrong, and it never wavered.

Bringing the Blue Revolution to Laos

Inspired by the success of Dr. Gupta' research in India, the "United Nations Economic and Social Commission for Asia and the Pacific" (UN-ESCAP) expressed its desire to spread his technology across Southeast Asia. Dr. Pantulu, who had interviewed Dr. Gupta for fisheries research at the Indian Council of Agricultural Research (ICAR), urged Dr. Gupta to participate in the project in Laos.

Dr. Pantulu, who had previously worked with Dr. Gupta in India, moved to the UN-ESCAP project dealing with the Mekong River in Laos. Laos was experiencing a situation where its surrounding environment around the Mekong River was changing after dams were constructed on it. The damage to the poor was larger than expected. Fish populations in the Mekong River declined and its availability for consumption declined drastically. Although many solutions were devised, none was practical and Dr. Pantulu called upon Dr. Gupta for assistance.

Dr. Pantulu asked Dr. Gupta to come to Laos to search for a solution together. He trusted Dr. Gupta and knew he would devote himself to research. He said, "Dr. Gupta is more devoted than anybody I know. I could trust him because his devotion to work in India was so impressive." And he recollected, "Because Dr. Gupta was not one who researched for research's sake but one who researched for people, we were sure that he could solve the problem that confronted us."

In 1977, Dr. Gupta left India for Laos as a member of the UN. Laos had long been a colony of France before it became independent in 1954 after repeated turmoil since the Second World War came to an end. After independence, a long civil war persisted for 30 years. Then, the communist Lao People's Democratic Republic was established in 1975. In 1977 when Dr. Gupta arrived in Laos, the civil war had ended but the country was still in social turmoil. The economy was in poor condition and local disputes were still continuing. As rebels still lurked in the rural areas, Dr. Gupta's life could be in danger by going there, but he did not hesitate.

Dr. Gupta was involved in the Mekong River project which rises from Qingdao of China and runs through Myanmar, Thailand, Laos, Cambodia and Vietnam. Although the Mekong River was the lifeline of the Indochinese Peninsula, diplomatic friction had been ensuing. Because of construction of dams on the river, biodiversity was being destroyed as the flow rate and path of the Mekong River were changed and water quality was aggravated.

Meanwhile, Laos had long been in conflict with Thailand across the

Mekong River. The UN was devising a plan of building a dam in Laos to produce electricity and sell to Thailand in order to improve the situation. This way, the long-lasting conflict could end and the evergreen forest in Northeastern Laos remaining undeveloped could be worked on.

Thailand and Laos accepted the UN proposal and ended the long dispute between the two countries. Thus the UN actively pushed the project forward. The most critical factor in the project was the environmental change of the Mekong River.

As the dam was built, the ecosystem of that part of the Mekong River changed into that of a lake. It was necessary to fill it with fish. The river, dam, and lake all have distinct characteristics in environment and in ecosystem. Therefore the project called for aquaculture to meet the needs of the new environment. Dr. Gupta was asked to enable farmers to conduct aquaculture under the changed Mekong River's environment. Rumors spread about Dr. Gupta being a sincere scientist who often left the comforts of the laboratory for real results in the field, and was highly recommended for the leadership role in the Mekong River Project.

As soon as he arrived in Laos, Dr. Gupta visited the farmers living near the Mekong River. Nobody spoke English in Laos. French was the official language there due to colonization, and those who could speak English were mostly expelled before the communist government came to power. So, Dr. Gupta ran into the language barrier.

The UN-ESCAP suggested that Dr. Gupta could learn French for several months before starting research in Laos. But Dr. Gupta did not have the luxury of time on his side. When Dr. Gupta arrived in Laos, spring was just beginning. If he lost that opportunity, he would have to wait another year.

It turned out that the UN-ESCAP found a young man who could speak French and could work as a translator for Dr. Gupta. But after a few days, Dr. Gupta realized that the people of Laos are not all good at French. He realized he had to learn the Laotian language. In order to determine which fish species were suitable for aquaculture in the region, good communication with the farmers was key. Seeing that there would always be limitations to translations, he set his sights on communicating with the local farmers directly. Finally, Dr. Gupta learned the Lao language and Mrs. Gupta learned French. In this way, they got accustomed to their life in Laos.

Another problem was getting daily necessities in Laos, a country ravaged by civil war. The basic daily necessities and even basic tools for research were not obtainable within the country. He had to go to Bangkok in Thailand to obtain them. If the border of Thailand was closed as they were occasionally, situations became worse not only for research but also for their lifestyle. When the border was open, Dr. Gupta traveled to Thailand to get their necessities. Sometimes, Thailand did not allow flights from Laos due to the unstable situation there. Then he had to cross the Mekong River to Thailand riding a boat.

Because Laos was not safe after the civil war, to cross the Mekong River to Thailand on a boat was very dangerous. For his research and survival, Dr. Gupta had to take the risk.

What was worse was the curfew. Because there were still insurgents hiding in Laos, leaving the home after 5 p.m. was prohibited. The UN notified all experts not to go out after the curfew as safety could not be ensured. However, fish lay eggs at 26-29 °C and in Laos, the water temperature was suitable for spawning after sunset. In subtropical Laos, fish could not lay eggs during the day because the water temperature was high. Besides that, fish farms were mostly located in the remote suburbs. To check the spawning, which was the most important aspect of aquaculture, he had to go to the suburban farms late at night.

Under these circumstances, Dr. Gupta couldn't abide by the UN's regulation. He went to the farms at daybreak, returned for a while in the evening and then went to the farms again at night to feed the fish. The government sent reports about Dr. Gupta by postage together with pictures to the military authorities.

The reason why Dr. Gupta made such efforts to succeed in aquaculture in Laos even at the risk of his life, was because he wanted to save the hungry Lao people victimized by the civil war. Dr. Gupta was not a researcher who worked for honor or money. He wanted to do his best for the Lao people. He wanted to provide food security for them. Dr. Gupta recollected his passion for Food Peace as one with a missionary zeal. "It drove me. Although the work threatened the safety of me and my family, my passion remained unchanged." With this burning passion, he devoted himself to research for the food security of the Lao people.

Then one day, his superior visited him from Bangkok. He had been informed by the local UN officials that Dr. Gupta was going out at night disobeying the curfew. On top of that, because Dr. Gupta hardly went home after he came to Laos, his wife and children were worried. So, the UN-ESCAP sent his superior to check on Dr. Gupta's situation.

"Dr. Gupta, why do you do research so recklessly?"

"It's my top priority to conduct research in Laos."

The superior gazed at his eyes in silence. Dr. Gupta's tanned face was shining with the resolution to develop the aquaculture technology in Laos and to transfer it to the farmers. The superior felt curious about Dr. Gupta.

There were many researchers in UN-ESCAP, but most of them preferred working in laboratories with large farms under stabilized conditions. They thought it was brash to conduct research at such volatile environments.

"Dr. Gupta, let's talk about this over dinner."

On the way to dinner with the superior, Dr. Gupta felt uneasy. If the superior does not understand his situation, going out at night will be prohibited and this project will be practically meaningless. He could hardly eat because he was worried that the research might be suspended.

"What is the biggest problem?"

"It's you, Dr. Gupta, to go out at night. The UN-ESCAP prohibits this because of the security concerns in Laos. But Dr. Gupta, you keep going. We are worried for your life. That's all."

Dr. Gupta explained the water temperature and research conditions in Laos as best as he could. His voice was raised as he explained why he had to go out at night taking the risks. He stressed that going out at night was not an option but a prerequisite for conducting the research.

After hearing Dr. Gupta's side of the story, the superior became more at ease. As he had expected, Dr. Gupta was devoted in his work for Laos even at the risk of his own security. Moved by Dr. Gupta's passion, the superior smiled and said, "Dr. Gupta, I will leave all the decisions up to you. If you take the risk, I'll do whatever I can to keep you safe. But you do have a choice, and even if you don't take the risk, and do not have the desired result, no one will blame you."

Without any hesitation, Dr. Gupta opted to continue the nightly visits. He promised that he would quit everything if he could not produce results within 3 months. The superior was satisfied with the decision and actively supported Dr. Gupta's research.

"Thanks to Dr. Gupta's passion the research was a success. As aquaculture research developed new technology at the fisheries research center, Dr. Gupta disseminated the technology to the local fish farmers."

"Even to this day in Laos, the fish introduced by Dr. Gupta is called the Gupta fish."

The result was a great success. Dr. Gupta began to spread this new aquaculture technology to more local farmers. Because the Lao farmers were uneducated, time was needed for them to accept the new technology. First of all, Dr. Gupta befriended the farmers while living with them in the farm. He tried to understand the farmers while building family-like relationships. He thought that they could understand him only when he understood the farmers. Then, Dr. Gupta taught aquaculture technology to the farmers in their language on their level. This attitude was very helpful in the successful settlement of the aquaculture technology in the farms.

As it became possible to produce 5-6 times the fish in fish farms as compared to the previous production, the Lao government requested fish species with higher productivity. Dr. Gupta accepted this request with pleasure. He was already planning to introduce the Indian species that was successfully cultured in hot environments. Dr. Gupta brought the Indian species to Laos in 1977 and succeeded in aquaculture. Then, he introduced aquaculture to Thailand and Vietnam around the Mekong River. Even now in Laos, the fish that Dr. Gupta introduced is referred to as the Gupta fish.

Dr. Gupta received warm gratitude from the Vietnamese minister, "Thank you, Dr. Gupta. Now, the fish you brought in 1977 accounts for 30-40% of the fish production in our country."

Welcoming bigger challenges in Bangladesh

After the success in Laos, Dr. Gupta was called to northeast Thailand. Although the land was not fertile, Thailand had a much more stable environment than Laos. Dr. Gupta opened a research laboratory in Thailand and developed integrated aquaculture methods of combining aquaculture with rice and poultry farming. Later, Dr. Gupta's work was welcomed in Vietnam and have been well adapted ever since.

Despite the continuing success and recognition, Dr. Gupta went on to tackle new challenges. He never forgot his ultimate goal of alleviating world hunger, yet another thirst was also yearning. He had been adapting the same aquaculture technology to the local farming conditions in Laos, Thailand, and Vietnam, and scientifically he felt stagnated from the repetitious work. Although his living conditions improved and his achievements were highly valued, his thirst for new research had been brewing from within.

As if they read his mind, the Food and Agricultural Organization (FAO) of the UN sent him a letter in 1981. "We selected you for the leadership role in the Bangladesh project. We hope you will agree to go to Bangladesh to help its government's development plan." It meant that Dr. Gupta was asked to lead the aquaculture project in Bangladesh as a senior researcher for FAO.

Dr. Gupta was excited at the news. Because Bangladesh is a land with plenty of water, he thought it would have ideal conditions for aquaculture. Geographically, the Ganges flowing from the Himalayas meets with the Brahmaputra flowing from northern Bangladesh. At the downstream where the two rivers collide, they join with the Meghna River and flow out to sea. The delta where the three rivers meet has fertile soil and is good for agriculture. But much of the Bangladeshi territory is inundated by monsoons. Because there were many low-lying areas, aquaculture seemed more suitable than agriculture.

However, Bangladesh was politically unstable and economically weak in the early 1980's. With most of its population believing in Islam, it was separated from India as East Pakistan and then after many civil wars and turmoil became independent in 1971 as Bangladesh. But there was ongoing conflict between the indigenous people who lived in the Chittagong Hill Tracts and the Bengalis.

Economically, 130 million or 75% of its population, were in poverty living with less than two dollars a day in homes built under unsanitary and unsafe conditions. Even now, in the capital city of Dhaka, there are many

"Dr. Gupta was asked by the globally renowned
aquaculture research organization, the WorldFish
Center (then ICLARM), to head a team of scientists on a
project in Bangladesh."

poor people living in small tents just big enough for 2-3 adults to sleep in. Back then, the situation in Bangladesh was even worse.

But Bangladesh's situation could not break Dr. Gupta's will. Rather, the fact that the majority of the people were suffering from hunger only stiffened his resolution to find a solution. Dr. Gupta determined that he would actively support the government to help the poor small scale farmers to overcome poverty and become financially independent through aquaculture.

He departed from the stable situation he had achieved and left for Bangladesh and the new challenges that awaited him. Aquaculture in Bangladesh was still underdeveloped. As soon as he reached Bangladesh, Dr. Gupta left Dhaka and went to the rural area to meet farmers.

When he arrived in Mymensingh which is located about 120 km north of Dhaka, Dr. Gupta was interested in learning more about the rural communities. Most of all, ponds next to the homesteads attracted his eyes. The villagers constructed their houses on elevated earthen platforms to avoid floods, as the majority of the country goes underwater about half the year due to monsoons. They excavated soil in their yards and piled it into mounds by which they would build their houses on top. In doing so, ditches and puddles were created next to their homesteads. As a result, hundreds of thousands of ponds and ditches filled with water were formed in the homesteads in Bangladesh after heavy rains. For this reason, it is estimated that 2/3 of the country goes underwater for six months, or half the year. All the homesteads have small ponds of different shapes. But they did not raise fish in the ponds. Although Bangladeshis were fond of fish and could eat them practically three times a day, fishes were costly because there weren't much available.

The rural people in Bangladesh were using the water in the ponds for

"For 6 months every year in Bangladesh 2/3 of the country becomes immersed in water due to heavy rain, and farmers were left with their own small little ponds."

washing and bathing. Some people even used the water for drinking. However, the ponds were filled with aquatic weeds such as water hyacinth and often became the breeding ground for mosquitoes and other pests, creating a health hazard.

Dr. Gupta began to ponder how these homestead ponds could be utilized for aquaculture. Other scientists in Bangladesh were skeptical about Dr. Gupta's idea. First, the ponds weren't deep enough for aquaculture.

"Since you've seen the ponds, you already know most of the ponds in the homesteads are only about 2 feet (60 cm) deep. To do aquaculture, they have to dig the ponds deeper. But not knowing what aquaculture is, the farmers will not make such efforts."

The scientists' reaction was not ungrounded. They had tried to grow carps in these ponds before, but to no avail. The waters were too shallow to grow carps.

"Let us find the fish that can grow in shallow waters." Gupta said.

His colleagues replied, "There is another problem. Because the ponds are shallow, water temperature becomes too high. It is impossible to find a fish that can grow to their ideal sizes in shallow and warm water. So we had to give up."

Although these scientists tried to dissuade him, Dr. Gupta did not give in. He knew several fish species that were successfully cultured in hot countries such as India and Laos.

"I agree with you. Carp cannot be cultured in the shallow pond environments of the Bangladeshi homesteads. But other fish may be possible. Let's not give up after a few failed attempts, and let's see if we can find the kind of fish that can grow in these ponds. You have only tried three species of fish. There are more than 240 species that are suitable for aquaculture.

"After researching how to spread aquaculture in
Bangladesh, Dr. Gupta developed technologies fit for
small scale farmers that let them harvest 1.5 to 2.5 tons
of fish per hectare within a span of 3~5 months. These
amazing results were enough for farmers to take notice."

Let us not give up and keep searching for the species that could be suitable."

Dr. Gupta persuaded the Bangladeshi scientists. He established a research institute to find the fish species suitable for the homestead ponds in Bangladesh. Fortunately, he could establish a fisheries research institute in Mymensingh with the support from the Bangladesh government, the UN, and the World Bank. There, an experimental fish farm resembling the same conditions of the homestead ponds was created.

After several months of research, Dr. Gupta succeeded in growing tilapia and silver barb to a size of about 20-30 cm in the homestead ponds within a period of three months. Tilapia and silver barb could also be sold at a good price in the market. Dr. Gupta had succeeded in identifying fish species that could grow well in Bangladesh's harsh environment and were also profitable.

Tilapia is a freshwater fish native to Southeastern Africa with the scientific name Sarotherodon niloticus. There were biases toward tilapia not only in Bangladesh but also in Southeast Asia. They thought that it would breed uncontrollably and flood the rivers and ruin biodiversity.

But Dr. Gupta's research revealed that the fish was suitable for aquaculture because it was resistant to environmental changes and grew quickly. It was first known in the 1950s in Africa and Southeast Asia and now is being actively cultured thanks to Dr. Gupta's development of low-price fish feed using byproducts from the farm. Especially, because it can live in temperatures ranging from 14 to 45 °C, it is suitable for aquaculture in warm climates. If the water temperature is maintained above 21 °C, it breeds rapidly.

After the success of tilapia aquaculture, the research institute developed an aquaculture technique suited for homesteads. Dr. Gupta took notice of the difference between Bangladesh and India. Mainly, Bangladesh needed to utilize the many small ponds it had and being flooded for about 6 months a year. In addition, demand for fish was higher in Bangladesh than in India. The characteristics of the fish that the Bangladesh people liked were also taken into consideration.

As a result, small-scale aquaculture technology was developed and the farmers could get about 1.5-2.5 tons of fish per hectare in a relatively short 3-5 months' time frame. The exciting news about the surprising success of aquaculture spread amongst the farmers. They could not believe it and flocked to see how anyone could grow so many fish in the shallow ponds in their yards and in such a short time. Five years later, they were all growing fish not only in the homestead ponds but also in the ditches and waterways along the roads.

Achieving success with humility

Dr. Gupta always met people with a smile and listened to them attentively. This attitude was very helpful in the success of his research.

Dr. Gupta said to the farmers, "Because this is the first time I came to Bangladesh, I do not know the economic, cultural and social situation in Bangladesh. But I am willing to learn." Fortunately, Dr. Gupta learned Bengali while he was working in Calcutta and could communicate with the farmers.

"When I arrived in Bangladesh and visited the farms, I tried to understand the farmers, their problems and their needs. It was because they should be the starting point of aquaculture research. I used to go to the villages and talk with the farmers. Because my purpose for coming to Bangladesh was to help the people, I thought the first step in research was to understand the farmers' hardships. Of course, I also studied Bengali harder for better communication."

Because of Dr. Gupta's modest behavior, at first the farmers didn't think he was the leader of a vast research institute and an aquaculture expert. Because they imagined an expert to be a person who works in the office all day or gives directions, the farmers figured Dr. Gupta was just a lower-ranking employee.

So the farmers got along with Dr. Gupta intimately as if he were a farmer like them. The children called him "uncle," not "doctor." Uncle Gupta was always kind to children. And because he not only helped the farmers work on aquaculture but also farm work as well, the farmers received Dr. Gupta as their friend. Dr. Gupta was very comfortable with how the farmers viewed him.

"It was not important how they called me. To succeed in aquaculture I needed to earn their trust, so it was important for me to live amongst them as much as I could. And the farmers understood the situation of their farms best. So indeed, I learned a lot from them."

Dr. Gupta explained that his success was made possible through these communications. Understanding and cooperation with the farmers were essential to the research as it increased fish production in the Bangladesh homesteads. The modesty upheld by Dr. Gupta helped him make that needed connection with the farmers in the dissemination of his aquaculture technology.

In the beginning, no one would do aquaculture in their farms because they were not familiar with it. Dr. Gupta encouraged them, and made it easy enough that even children could get involved. He brought himself down to their level. "Aquaculture is very easy. Even someone who knows nothing about the farms here, like me can do it. You are the owners. You know the

"Children in particular, called him 'Uncle' instead of 'Dr.' And Uncle Gupta loved spending time with the local children often smiling back when they called out his name."

"If farmers, the government, and NGOs worked hand in
hand, they could change Bangladesh! His heart was
excited with the hope that he could finally bring
happiness to Bangladeshi children."

farms and the ponds better than anyone. You can do aquaculture much better than I can."

Dr. Gupta did not begin by teaching the farmers aquaculture. Before that, it was necessary to teach the farmers why this was so important. "We were offering aquaculture to the Bangladesh people not to teach them aquaculture but to improve the nutritive condition of their children and let them live better lives. We kept reminding them of our intentions consistently until they understood where we were coming from. What mattered was not the technology, but that they opened their minds."

To win the farmers' trust, Dr. Gupta spent time living with the farmers in their homesteads as he had done in India. At first, the farmers were indifferent to him. But as days went by, they started to open up to Dr. Gupta and give him a chance although they weren't sure about aquaculture. "Seeing that I lived together with them in their homesteads, the farmers felt that I really wanted to help them. I earned their trust."

As his research began to show promise, Dr. Gupta felt the need to understand the Bangladeshi society, culture, and farmers in order to apply the technology to the homesteads. However, his fellow scientists at the research institute were unfamiliar with the lives of the farmers. Dr. Gupta wanted to know why the farmers were reluctant to start aquaculture, how they led their lives and what was the biggest obstacle hindering the introduction of aquaculture. But no clear answer could be found.

One day, as he was making his usual visits to homesteads, Dr. Gupta came acoss a house with a large family that was having a hard time supporting themselves. They could not get enough food with the income generated by the father's farm work. There, Dr. Gupta met an NGO staff who had also happened to stop by. This person understood the villagers' situation better than anybody. Through the years of experience he garnered while living in the Mymensingh region, he was able to understand what they were going through and what kind of help would benefit them the most. Dr. Gupta felt hope as he talked with the NGO staff.

Dr. Gupta realized that many NGOs were cooperating with the Bangladesh government. "The reality of Bangladesh can be improved if we could combine the capabilities of the farmers, the government, and the NGOs together!" His heart leapt with the hope that he finally found a way to put a smile on the children's faces.

To realize his vision, he visited various NGO offices, and explained to them about the project he was leading and stressed that the farmers' lives and the nutritive condition of their children could be highly improved through aquaculture. "I don't know much about this region because I've only recently come to Bangladesh. For this project to help the farmers, we need the experts like you who know the lives and hardships of the farmers."

One by one, the NGO leaders gladly accepted Dr. Gupta's proposal. What inspired them the most, was Dr. Gupta's sincerity in asking for help and admitting that he didn't know everything. Dr. Gupta and the NGOs began to find ways to help the poor who did not own land for ponds or puddles. Dr. Gupta always listened closely to the NGOs that had vast experience of helping the farmers.

Dr. Gupta's attitude brought about real change to Bangladesh. Dr. Craig Meisner, Director of WorldFish Center South Asia operations with its office in Bangladesh, explained how Dr. Gupta could provoke the Blue Revolution, "It is thanks to Dr. Gupta that Bangladesh became one of the most productive countries of aquaculture in the world. Dr. Gupta helped the farmers most effectively by consulting with scientists from different disciplines. Here, the farmers do not just grow fish, but also cultivate rice, wheat, corn and vegetables. He correctly understood that aquaculture could be successful only when it was integrated with all these other components. Dr. Gupta's idea created a basis on which not only the scientists in different fields, but also the government and NGOs could cooperate to improve the reality of Bangladesh. And it gave birth to a real change."

Developing environmentally friendly integrated aquaculture technology

Dr. Gupta began to research how aquaculture could be done more effectively in homesteads. Most ponds in homesteads were small, and a larger space was necessary for aquaculture to yield the desired profit. However, most farmers raised chickens which made it difficult to make more space for pond expansion. "How can I make enough space for aquaculture?" Dr. Gupta's worries deepened.

Dr. Gupta concluded that the best way would be to utilize the existing space, rather than making new independent space for aquaculture. This is how the concept of integrating raising poultry, with the pond for fish farming, and raising fish in rice paddies, derived from. Dr. Gupta called this rural-tailored aquaculture. He thought that for aquaculture to be profitable for the farmers, it should be integrated with other existing farming activities.

One example of the integrated agriculture-aquaculture method conceived by Dr. Gupta was to build a chicken coop over the fish pond, where a bridge leading to the coop was made with wooden boards connecting to the land. As the space was now possible to be used for dual purposes, it became possible to utilize a larger space for aquaculture. The coop was built with seams in the floor in such a way that chicken excreta would fall into the pond to be used as feed for fish. This integrated structure was economically effective not only for space but because less fish feed would be necessary.

The farmers were attracted by this, especially the fact that less maintenance would be needed. The only real input required for the farmers was buying baby fishes. Looking at this, the farmers grew more confident that aquaculture was easy to learn and economical. They thought, "Why not?" Because aquaculture integrated into their farm work, fish production became their additional income.

Another integrated aquaculture method was raising fishes in rice paddies. This integrated agriculture-aquaculture method increased rice and fish production by 9-11% and also made farming more environmentally friendly as fishes ate the pests in the rice paddies, dissolving the need for weedicides and pesticides.

But it was not easy to integrate rice paddies with fish farming in the beginning. For the fish to live in the rice paddies, the farmers had to adhere to integrated pest management (IPM). But they were reluctant to do so, as IPM is a practice of using a less harmful biological method for pest or disease control whereby the use of chemical pesticides is minimized. The extension agents had already advised farmers, "you don't need to use pesticides if you just follow IPM. You can still do aquaculture, and the crops will not be damaged." But the farmers kept using pesticides. They could not believe them and didn't want

"Dr. Gupta constructed the chicken coop floor so that their feces would fall into the pond and naturally supply feed to the fishes."

to take the risk of hurting their rice farms.

However, as soon as Dr. Gupta inserted the fishes into the rice fields, the farmers' attitudes changed. Seeing the fishes swimming in the rice fields, they realized that the use of pesticides might threaten the ecosystem and hurt the fishes. Finally, they stopped using the pesticides and weedicides and began to follow IPM.

The fish lived in the rice paddies, eating the pests that otherwise would have harmed the rice. It was not necessary to feed them.

The fish grew, eating the pests in the rice paddies and fish feed made from rice bran and other farm byproducts. In addition, the fish had a tilling effect on the submerged soil, as they helped move it around for air to pass through, and their excreta absorbed by the soil. As the use of pesticides was stopped, transition to environment-friendly agriculture became possible. Rice production increased, the soil grew fertile, and the environment became more eco-friendly. As a result, a new method of integrated agriculture-aquaculture which saw an increase in rice productivity and successful aquaculture was developed.

Dr. Gupta taught the farmers how to manage their fish farms using minimum expenditures by utilizing what they already had. The farmers found it very attractive that they could raise fish without having to buy additional feed as long as they used their farm's byproducts such as rice bran and rice flour. The poor farmers with no resources could increase family income and improve their nutrition with only a little time and effort. As the ponds which had been the breeding ground for mosquitoes was now being utilized for fish farms, their residence also improved.

For the poor farmers, it was practically impossible to raise cattle or pig.

"The integrated farming method combining aquaculture into rice paddies increased rice and fish production by 9~11%, and made positive results that enabled the eco-friendly farming method to be possible."

They couldn't afford to feed them. To produce 1 kg of beef, 10-15 kg of grain was necessary for feed. And, 4 kg of grain was needed to produce 1 kg of pork. In contrast, 10 kg of fish could be produced without practically any purchase of feed. An additional benefit, was that greenhouse gas emissions could be reduced slightly as fishes released minimum amounts of nitrogen and phosphorus as compared to cows or pigs.

Dr. Gupta accentuated, "Aquaculture is the most easy and safe method for providing us with animal proteins. So I've stressed that Asia should invest more in aquaculture, not in livestock in order to produce more high-quality animal protein. In particular, fishes can provide much needed micronutrients that we are frequently deficient in."

After successfully developing and disseminating the low-cost aquaculture technology for rural small-scale farmers, the farmers started to expand their operations. They dug new ditches and ponds and some farmers embarked on year-round fish farming. Dr. Gupta taught the farmers how to raise different species of carp in the same pond. As aquaculture expanded, the farmers' ponds became deeper and larger.

Some species lived at the bottom of the pond, some at intermediate depth, and some at the shelf level feeding on planktons, weeds and microorganisms depending on where they liked to roam. By raising different species in one pond, the farmers could fully utilize all the resources in the pond for maximum fish production.

As the integrated method of aquaculture succeeded, more supporters provided funds to the Bangladesh rural communities. Thanks to this support, aquaculture was disseminated actively and the fish production in Bangladesh grew exponentially.

Creating a foundation for self-sustainability

What made Dr. Gupta the happiest was seeing the smiles on the people's faces he helped. Those who had lived helplessly with no hope were full of vigor. Dr. Gupta felt rewarded whenever he looked at their faces. In particular, he was moved to see that his expectation that the nutritive condition of the Bangladesh people, who had suffered from hunger, would be improved through aquaculture was developing into a tangible hope. The farmers did not just eat the fish they cultured but also improved their economy by selling them in the market and making a substantial profit. Dr. Gupta had never expected that. He was delighted by the farmers who improved their economy on their own beyond his expectations.

The farmers sold 80% of the fish they cultured. This was more urgent to them than to improve their health. By selling the cultured fish in the market, they could generate cash flow. With that, they bought cheaper fishes with just as much nutritional content and rice for their own food. They had enough money left over to send their children to school.

Young men were influenced the most. The younger generation keen on the economy, quickly perceived the opportunity, and ceased it by selling the cultured fish in the market. Having new jobs, their faces lit up with hope for the future. This enthusiasm brought vigor to the villages and improved the economy. One man even began aquaculture right out of college, knowing that it would be profitable. He was making a large sum and developing his own know-how in doing so.

"At first, my family opposed me strongly. Because of their lack of understanding about aquaculture, they urged me to work in a secure job. But with the income I was being promised, it would be difficult to support my family. So I started aquaculture because I knew that it would be more profitable and I could have more time with my family. It is not easy to raise fish and sell them in the market. But now aquaculture has become very important to my family. Now, they all know how profitable it can be. They all help me. It's our dream to continue this business and eventually buy a house together."

In addition to the farmers, other aquaculture-related businesses also started to form around it. As jobs such as examination and management of fish farm water quality, and sales and trimming of fish increased, the rural economy began to flourish.

Seeing this success made Dr. Gupta feel rewarded. But he felt that he still had much tasks left unfinished. The most urgent problem was how to involve people without land of their own. In fact, these were the people who suffered from hunger the most. It was very pitiful that they had no land to raise their fish farms.

As soon as aquaculture became a success, the fact that he "couldn't help the ones who needed it the most because they had nothing to start with" haunted Dr. Gupta. There were still many ponds in Bangladesh, which were owned by the government or people who had no use for them. How can those ponds be utilized to help the poor?

Agreeing with Dr. Gupta, NGOs actively sought to solve the problem. Because Dr. Gupta already proved how effective his aquaculture technology could be, the hunger problem in Bangladesh was sure to improve if the poor had a way to do aquaculture. With cooperation from the NGOs, Dr. Gupta started a project of leasing the unused ponds to the landless people.

First, the NGOs formed small groups of 5-6 people who were interested in aquaculture. They were given basic training. Although most of them were uneducated, Dr. Gupta taught aquaculture to them in detail one by one, at their own level of comprehension. He was good at this as he had already educated and trained various farmers in Laos.

After training, they had ponds leased to them. The project was funded by the United States Agency for International Development (USAID) in support of Dr. Gupta through the WorldFish Center. Reporting on it, the USAID evaluated that it was the most successful project among those it supported and wanted to have the project spread to other regions. To actively support the project, the USAID sent aid funds in the local currency through consultation between the US and Bangladeshi governments. They told Dr. Gupta, "We will support as much as you need so that your project can spread throughout Bangladesh."

Surprisingly, Dr. Gupta argued that the project funds should be repaid

"Young farmers started off selling the fishes raised in the fish ponds. Having new jobs gave them hope for the future."

"As a result of Dr. Gupta's efforts in working with NGOs,
even people too poor to have land of their own were able to start their own
aquaculture, and not only did people improve their health,
but they also started making lots of profit as well."

by the farmers. In general, overseas aid is given freely without condition. Dr. Gupta opposed that such free aid would make the poor economically dependent. He believed that the money should be loaned, not given freely, for the aquaculture project to become sustainable. When the UN support was coming to an end, an officer of a supporting organization came and asked Dr. Gupta how the project was going.

Dr. Gupta answered, "Everything is going very well. In fact, we are building a system in which the farmers can keep doing aquaculture sustainably even without the UN's support. We will support the farmers sustainably through a number of NGOs. But we don't know if the farmers can get loans without interest. We would like your support on this."

"We can support the money needed for the farmers. But it is rather complicated to get the money back, for we are not banks. Wouldn't it be better to support them for free?"

"No. They are already accustomed to getting things for free. Free aid was what made them dependent. If you give them anything free, they won't know its value. Suppose that your organization supports 100 million dollars in this project. You may support 100 million dollars for now. But it will be very difficult to support 100 million dollars annually. Once the farmers get free aid, they will want to have it every year. It's not a sound relationship. Years later, they might be even poorer. It's not support. It's harmful. If your organization decides to support this project for free, I will not be a part of this project anymore."

Surprised at Dr. Gupta's stern attitude, the officer was momentarily lost for words. Finally he recollected himself, "I see. If you really want it that way, we will try to change our free aid policy to an interest-free loan system."

As promised, the interest-free loans were provided by the NGO to support small-scale regional farmers. They allowed access to loans if they formed small groups and received training in aquaculture. Dr. Gupta constantly motivated them to repay the loans and monitored their status while training them. He even helped them to become economically independent by teaching them how to sell the fish in the market.

Thanks to these efforts, even the landless had a way to participate in aquaculture and their nutrition and economic conditions improved. For the first time they had an excess of wealth, which gave them confidence and began to invest in education for their children.

Dr. Gupta's aquaculture technology not only improved the nutrition of the Bangladeshi people but also revolutionized the rural economy and established basis for bringing people out of poverty. Aquaculture has revolutionized the rural economy, creating jobs for the poor and providing means to increase revenues.

Changing the lives of oppressed women

What saddened Dr. Gupta when he first visited Bangladesh was the status of women. Because 80% of the Bangladesh population believed in Islam which had an extremely conservative view on women's role in society, their social activities were very restricted. Accordingly, women had very low social status. Although they had strenuous work assignments within the household, they were often neglected or beaten by their husbands because they were seen as liabilities that did not earn money.

Dr. Gupta's eyes remained on the suppressed women. He felt perhaps there was a way to help them through aquaculture since it was significantly less laborous than farm work. Because most ponds were right beside the houses, they didn't need to go out. Dr. Gupta also sensed potential in women being good stewards of their fish farms. So it became one of Dr. Gupta's main objectives to include women in aquaculture.

But for these women to get started, they had to be trained by Dr. Gupta. Back then, it was not easy for women to receive training by anybody other than their husbands. After long contemplation, Dr. Gupta sought the help of Angela Gomes, the founder and leader of the NGO "Bachte Shekha (Learning to Live)" that provided vocational training for women.

The meeting between Dr. Gupta and Gomes was like destiny. Similar to Dr. Gupta, Gomes had been making efforts to improve the lives of women in Bangladesh since 1981. Gomes, who was Catholic, taught uneducated rural women income-generating vocational skills and were also fighting for women's rights.

Gomes recollected when she first established the NGO, "At the time, the lives of Bangladeshi women were miserable. Even when they were beaten by their husbands, they couldn't get help. They could not leave home or protest. I decided to play a part in restoring women's rights. Traveling around the country, I saw their situations with my own eyes. I persuaded them and I made this organization."

Gomes suffered a lot because she was not Muslim. "It took time until the communities accepted me. Many threw stones and dirty water at me. In order to help people, I changed my name, clothes, hairstyle and everything to look like a typical Muslim woman. Just as I was gaining confidence, Dr. Gupta visited us and suggested teaching aquaculture technology to women."

For Gomes who was making efforts to provide jobs for women, Dr. Gupta gave new hope. Because it was so difficult for women to leave their houses, aquaculture looked plausible as a way to earn money at home in a small scale. Dr. Gupta went to meet the religious leaders and elders of the

"Many women in Bangladesh were brought into aquaculture. Through working with NGOs, he formed small groups for the women who he then motivated, and taught how to do aquaculture."

communities with Gomes. They had to persuade them that allowing women to get aquaculture training away from their houses was beneficial for the whole community.

After difficultly gaining their approval, it was necessary to motivate women and get permission from their husbands. A lot of time and effort were necessary to overcome people's aversion against working women, but as women started to earn income, their views also changed.

Jharna Bagchi is a mother of a large family of more than 20 members. She was one of the first women in Bangladesh to receive training and start aquaculture. When Bagchi began aquaculture, her husband and children opposed strongly. Bagchi said, "But I couldn't keep living like this. We were too poor and could hardly feed our children, let alone send them to school. My children looked to me for food, but there was nothing to eat at home. I was tired of that."

After meeting Dr. Gupta, Bagchi's life changed for the better. Her household income improved significantly as Bagchi raised fish through aquaculture and her eldest son sold them in the market. Although her husband was against her doing aquaculture at first, he began to actively help after seeing that it actually made money in a short amount of time. Having fish to eat regularly, the children overcame skin disease and became healthy and could also go to school with the left-over money. As the whole family worked together on the fish-farm, their relationship bloomed. Needless to say, Bagchi, who had been ignored by her family, became a respected mother. Now, Bagchi's family is raising more fish than ever in a larger fish farm and is living a happy life. They are the richest family in their village.

Not only Bagchi, but many other Bangladeshi women participated in

"Since women worldwide are primarily responsible for
their family's food security, women's economic activity
is the most effective way to address hunger."

aquaculture. Dr. Gupta motivated many small groups of women organized by NGOs and disseminated his aquaculture technology to them. These small groups of women then received minimum loans necessary for aquaculture so that they could raise fish in cooperation.

As women started generating considerable amounts of income, their husbands started to think twice before raising their fists at them. Violence decreased and women's rights improved. These women were more delighted that they could send their children to school. Whenever they saw their children go to school wearing their school bags, the mothers could not help but to smile, knowing that they will have better opportunities than they ever had to live brighter lives. Motivated by their children, it made them more enthusiastic about aquaculture. "I'm full of hope when I see my children go to school. I want them to be educated and live happier and better lives than mine."

The women were even able to save up some money. They could repay their loans and change their leaf roofs to metal roofs. Naturally, the fish farms became larger and the business improved further.

Thanks to Dr. Gupta's efforts, a steady foundation for women's employment was established such that now, as many as 65% of the current Bangladesh aquaculture production are made by women. Still unsatisfied, Dr. Gupta started an important project to prove that women are more suitable for aquaculture than men. After having taught aquaculture, he knew that some women displayed excellent skills and knowledge for aquaculture. Dr. Gupta planned a new project for these women to flourish as professional businesswomen in aquaculture. He taught them to produce fingerlings.

Fingerling production was a seasonal business that could be done for only 4 months out of the year and was very profitable. But the procedure of hatching eggs and raising them to fingerlings needed careful attention. The environment of the fish farm should be controlled sensitively and the fingerlings treated carefully. Many women showed promise. A business mind was also necessary to sell the produced fingerlings to fish farmers. Although many difficulties were expected, those women surpassed Dr. Gupta's expectations and succeeded in the fingerling production.

These women brought new change to the rural economy, improving women's status not only in the family but also in the society. Some of them became important businesswomen in Bangladesh and some made more money than men. The economic independence by the women led to the growth of the society. They made their living through aquaculture and sent their children to school. Also, they actively took part in economic activities, saving money and expanding their houses.

Gomes said appreciatively of Dr. Gupta, "The happiest thing is that the husbands do not dare to beat or ignore their wives any more. Women now possess land, create communities to defend themselves, and actively help other women. All this was possible thanks to Dr. Gupta."

Dr. Gupta analyzed that the participation of women in society had a great impact on the improvement of Bangladesh's economy. He explained, "With a society where only men are allowed to work, rural economies can never flourish. When boys turn 8, they are automatically seen as labor force and sent to rice paddies or farms. Girls are discriminated as being useless. But if women participate in economic activities, their family incomes increase. Children can go to school and gender discrimination can be improved. Women do not just use their increased income for themselves. They use it for their families. So families lead better lives when women are given better opportunities in society."

As Dr. Gupta noted, so too do many scholars researching about world poverty, emphasizing that job creation for women must increase in order to solve the hunger problem. They say that, because women generally take care of food security for their family, women's economic stability is the most effective solution to the hunger problem. In addition, if women are involved in economic activities, family income increases, and thus children's health and nutrition improve. According to research, it is predicted that the present starving population of about 900 million can decrease to 150 million if the same number of women are given jobs as men do. Based on this research result, the World Food Programme (WFP) of the UN is making efforts to improve the low economic status of women in order to solve the hunger problem.

Dr. Gupta understood this before the research was published and had been involved in activities to improve the situation. As a result, Dr. Gupta had a great impact on the lives of Bangladeshi women. Many women said in unison, "Thanks to Dr. Gupta, we women live better lives. We're now living totally different lives. We owe him a big debt of gratitude. If Dr. Gupta had not come to Bangladesh, there would still be no hope in our lives. We're really grateful to Dr. Gupta for giving us a way to achieve happiness."

Farmer-oriented, field-oriented

At the time when Dr. Gupta first began aquaculture research, it was only conducted in laboratories. But Dr. Gupta had his sights sit on something else altogether. He wanted to develop aquaculture technology that was field oriented. It was because he thought that science exists not for science but for humanity. In particular, he had the conviction that aquaculture research was necessary to help small-scale regional farmers and not for the development of aquaculture technology itself. Therefore, he always visited the field, met with farmers, and developed technologies while living in the farms. Any developed technology had to be tested in the field for compatibility with the farming community.

His fellow scientists didn't like Dr. Gupta doing research in the fields. They mistook Dr. Gupta's motives thinking he wanted a leadership role in rural development rather than conducting research. Whenever he met such contemporaries, Dr. Gupta persuaded them explaining, "We cannot achieve realistic and sustainable results from laboratory research alone. The only way to develop sustainable aquaculture technology tailored for the field is to go there." Dr. Gupta even had to persuade his superior to trust and support him.

Thanks to Dr. Gupta's influence, the recognition that research should be field-oriented, not research oriented, has become generally accepted. From the research topic to the genetic improvement of fish, now a lot of information is gathered from the actual field. Also, careful consideration is given to how the research might affect the farmers.

He always checks how the farmers understood and applied the aquaculture technology and monitors what their difficulties are. So, whenever Dr. Gupta visits the villages, farmers are always glad to see him. Dr. Gupta always listens intuitively to their story and tries to give the best guidance for their specific needs.

Dr. Gupta constantly advises other scientists to, "First understand the farming community and concentrate on their needs." He says that a solution achieved through research based on the understanding of the farmers' problems will lead to substantial investment from the government or private sector. As a result, it will lead to the development and spreading of useful research results.

Dr. Gupta's conviction from early in his career on farmer-oriented research became more solid as his experiences blossomed in several countries including India, Laos and Bangladesh. Although these were thought to have similar climates and environments, they were quite different in available resources such as ponds or water reservoirs and in their ecosystems such as climates,

"Dr. Gupta is one of a few scientists who, to this day,
goes out into the field to do aquaculture research.
Always concerned about the wellbeing of the small-scale
farmers, he monitors how they have understood and
applied aquaculture technologies, and whether there are
any areas they are struggling with."

geography, etc. Also, due to differences in socio-economic and educational backgrounds of the farmers, and language and culture, training methods also differed.

For the aquaculture research to be successful in each country, it was necessary to do research based on the understanding and needs of the farmers and to train them. For this, Dr. Gupta had a research center built on the field. It was to do research first in an experimental fish farm with the same conditions as those of the actual farms. Through the field research center, he had data and other functions of the research institute continuously accessible to the farmers, and the farmers could ask questions to the scientists to find solutions. Dr. Gupta thought that the field research center was pivotal for the success of the research. He understood that researchers can only contribute to the wellbeing of farmers and the development of the country through their research, only when the research is thoroughly focused on the understanding and needs of the farmers.

Dr. Gupta always conducted research for the farmers' sake. He searched for ways that the poor could access the technology with the least financial burden. His greatest concern was "to help people suffering from hunger and insufficient nutrition through aquaculture." His fellow Dr. Ayappan (Director General of ICAR) who had known Dr. Gupta for 30 years said, "We call Dr. Gupta a scientist with a human face. He's been the most prominent scientist in fisheries and aquaculture from long ago. But he never thinks about his reputation or success and always thinks how to develop aquaculture technology further for the poor. So we scientists all respect him."

Dr. Gupta was very keen on food security because aquaculture is the most practicable strategy of securing food at low cost and in short time for those who are threatened by food security. For this, Dr. Gupta argues that the aquaculture technology should be developed to be more simple and easy for small-scale regional farmers to understand and apply. Dr. Gupta does not compromise on this principle not for his honor, but for the farmers who need the aquaculture technology.

Dr. Gupta feels greatly rewarded and delighted whenever he sees the smiles of the farmers he's helped. In particular, he says that all the fatigue disappears when he sees farmers who were once poor and tired, now fully invested in aquaculture and living healthier lives. As Dr. Gupta felt comfortable and encouraged when he saw them, the farmers also welcomed Dr. Gupta as their family and wanted to be with him. The farmers appreciated his sincere heart taking priority in their health and happiness over his own.

Dr. Gupta's research principle affected many scientists in Southeast Asia. At the time when Dr. Gupta started aquaculture research, it was not seen as promising fields. But now, the importance of aquaculture and fisheries for humanity's future has become widely recognized. Also, many researchers like Dr. Gupta are conducting research to make aquaculture more accessible, in order to alleviate poverty and hunger in Asia. They see Dr. Gupta as a role model and are inspired by his work.

They are driven by Dr. Gupta's research philosophy of 'human-oriented, field-oriented research' and the research principle that we should strive to develop and apply simple and cost-friendly technology for the farming community. When these young researchers seek advice from Dr. Gupta, he never fails to give answers despite his tight schedule. Because these young scientists are his juniors and also the ones who will guide our future, Dr. Gupta takes pleasure in guiding and helping their research.

Winning the World Food Prize

Dr. Gupta won the World Food Prize, known as the Nobel Prize for Agriculture, in 2005 for his work to develop low-cost aquaculture technology for the rural poor in Southeast Asia. He is the only fisheries scientist to have received this award. He was praised to have developed a sustainable aquaculture technology to improve the nutrition and wellbeing of poor farmers and women in Bangladesh, Laos and other countries in Southeast Asia through dedicated and sustained efforts. The low-cost integrated aquaculture technology developed by Dr. Gupta was not only environmentally-friendly but it increased fish production as much as 3-5 times.

When he was awarded the World Food Prize, Dr. Gupta recollected the days when he first started aquaculture research, when family and friends thought he was doing it because he could not find a well-paying job. Aquaculture research was such an unfamiliar field in India at the time where many people are still vegetarian.

In addition, his fellow scientists and his superior in the research institute didn't understand why Dr. Gupta was conducting research in the field and even living with farmers. He was criticized by them. The words "Dr. Gupta is not a researcher. He's a development worker who adapts research results to the field." always followed him. No one understood his approach to research.

He always asked other researchers, "Where does research stop and where does development start? Isn't it meaningless if our research remains as a laboratory achievement without giving any benefit for farmers, unless it is actually applied in various fish farms in homesteads and improves the rural economy and their health?"

Dr. Gupta was not shaken by how others perceived him and never compromised his research purpose and research principle. He has made consistent efforts to realize his dream of providing a healthy and happy life for the poor fisherman who he had seen in his childhood with his hand warmly held by his father. The World Food Prize Foundation acknowledged his distinguished works.

Dr. Gupta went to the awarding of the World Food Prize with his wife. And he invited his two sons who were studying in the US. If his wife had not believed and supported him for all those years, it would have been impossible for Dr. Gupta to continue his research. Although Mrs. Gupta is a vegetarian and does not eat fish, she has always been proud that Dr. Gupta is doing aquaculture research to help the poor. And on that day, she seemed even more delighted than him. It was probably because she could show her sons what their father had achieved. That day, Dr. Gupta sincerely thanked his

"Through dedicated and sustained efforts in Southeast
Asia such as Bangladesh, Laos, etc. as well as other
regions, Dr. Gupta is credited with bringing drastic
development in aquaculture, by developing sustainable
ways to improve the nutrition of poor farmers, women,
and their families."

wife and sons in his acceptance speech, "If I was able to achieve anything it was because of my family."

Dr. Gupta did not change after having received the World Food Prize. He still kept himself busy conducting research. But the public persona about him changed. Mrs. Gupta felt it more keenly than him. Dr. Gupta's family and acquaintances finally understood the importance of his research and became supportive. Because Dr. Gupta had long been away from India, they didn't know much about Dr. Gupta's research. After receiving the World Food Prize, their lives became more stable and he started to receive the recognition he so deserved.

After the success in Asia, Dr. Gupta began to conduct aquaculture research in Africa. In the past, aquaculture was not successful as people tried to copy technologies from Asia without taking into consideration the socio-economic and cultural aspects of African communities. Though he was already semi-retired, Dr. Gupta did not give up his research of aquaculture technology. He is still making efforts to understand the social, economic and cultural practices of Africa and to develop aquaculture technology suited for the conditions there.

"The farming conditions, the soil, and the social and economic factors in Asia and Africa are totally different. We are keeping the principles while developing methods that are suitable for Africa. I see a good future there for aquaculture development." Dr. Gupta said.

Aside from his active role in aquaculture research, he also serves as an advisory staff in seminars and national policy making for disseminating the importance of aquaculture. He asserts that all countries around the world should recognize the importance of aquaculture for solving starvation and providing jobs, and calls for an increased support for expanding aquaculture

"Dr. Gupta is now studying the African region's social, economic, and cultural customs, to develop the right technology that meets their conditions."

to the rural small-scale farmers.

"Unfortunately, governments do not fully realize the importance of aquaculture for nutrition and job creation. If you look at the budgets in developing countries, what they allocate for the crop and livestock sectors is considerably larger than what they allocate for the fisheries sector. In India for example, income from agriculture is not taxed but income from aquaculture is. Aquaculture needs to be treated on the same par with agriculture." He pointed out.

He is cooperating with government agencies in Southeast Asia, suggesting and advising governments on their policies, resources and priorities required for the development and spreading of aquaculture technology. Also, he gives lectures in international conferences in order to gain more support and understanding for aquaculture as the solution for ensuring global food security and supporting small-scale farmers.

Dr. Gupta is also interested in developing human resources, teaching in universities and research institutes and guiding research. He is also cooperating with fisheries research institutes and fisheries colleges. Dr. Gupta feels that it is very important to guide, motivate and advise the leaders of tomorrow.

He has also served as a consultant to the United Nations Development Programme (UNDP), the Food and Agricultural Organization (FAO), World Bank, the Asian Development Bank (ADB), the Danish International Development Agency, the Commonwealth Secretariat, the Agriculture Research Center of Netherlands, the Mekong River Commission and the WorldFish Center.

Dr. Gupta stresses that worldwide efforts have to be made to develop aquaculture technology for the poor. In most countries, policies are in place for aquaculture development. But in order to benefit the poor they need stronger strategies, development plans, and adequate allocation of resources. Countries need stronger willpower from their governments to implement the policies and strategies to increase fish production for meeting the increasing demand.

When he was awarded the 2005 World Food Prize, Dr. Gupta said, "We are in the beginning stages of the Blue Revolution, but much more needs to be done for those in poverty to take advantage of science and technology. Let us all join our hands to develop aquaculture technologies and introduce the necessary policies."

Dr. Gupta's aquaculture research which greatly alleviated the food crisis of those in poverty, has become a possible solution to the looming food crisis made worse by climate change. As Dr. Gupta noted, because food crisis is basically linked to food distribution, the food crisis hurts developing countries more than developed countries, and the poor more than the rich. Unilateral food aid is restricted in many ways because it is not a circulatory distribution system. Rather, developing systems by which the poor can produce fish on their own, by utilizing their limited resources to its maximum potential could potentially have better results.

Dr. Gupta's kind heart, dedication, and humble attitude wanting nothing more than to improve the lives of the rural poor, at times at the risk of his own life, will become a beacon of hope for future food security going beyond Asia and into the world.

FOOD PEACE

Modadugu Vijay

GUPTA

Sunhak Peace Prize 2015 Acceptance Speech[1]

Seoul, Korea, August 28, 2015

1) This speech was given by Dr. Modadugu Vijay Gupta in commemoration of accepting his award as the first laureate at the inaugural Sunhak Peace Prize Ceremony held on August 28, 2015 at the InterContinental Seoul Parnas Hotel in South Korea.

I feel it an honour and privilege to be selected for the first Sunhak Peace Prize. I am glad that the Sunhak Peace Prize Committee recognizes the importance of food security, environmental integrity and overall socioeconomic development as essential pre-requisites for a peaceful society. This becomes much more important in the present day context of increasing global population leading to more demand for food from declining natural resources and looming impact of global warming threatening the fragile ecosystem and lives and livelihood of a large number of people if appropriate actions are not taken. I thank Madam Dr. Hak Ja Han Moon for her vision in establishing this award and reminding the global community the need to act fast for a food secure and peaceful world.

I owe gratitude to a great number of people – the farming community, NGOs, scientists, planners and administrators in different countries where I worked, without whose assistance and cooperation it would not have been possible for me to do what I have done. I would be failing in my responsibilities as a husband and father if I do not acknowledge the sacrifices my wife and children have made over the years to enable me to continue my work while living and working in remote areas of least developed and war torn countries in spite of threats to our lives.

The world has made tremendous progress technologically in the last few decades, whether it is in industrial revolution, information technology, rocket technology, space science or agriculture. However, we failed to provide sufficient food to people in this world, because of which we see so much hunger and poverty around the world which is leading to civil strife and food riots. One in three people globally suffer from hidden hunger or micronutrient deficiencies, especially women and children. We have been talking of eliminating hunger and poverty for quite some time, but we have a long way to go to reach our goal. In spite of increased production of food, hunger has remained as a persistent problem for too many of the world's poor. Rampant hunger and poverty is leading to deterioration in democratic institutions and increased incidences of demonstrations, riots and civil conflicts. Personally I have witnessed what hunger means while working in war ravaged countries. Even in middle income countries despite being more affluent, are still home to the majority of the world's hungry people. We cannot expect peace and tranquility in a world that continues to suffer from hunger and poverty. If appropriate action is not taken, prolonged hunger and undernutrition can have developmental and economic damage for a number of years to come.

For eliminating hunger and malnutrition, we need a new approach of inclusive and sustainable growth that provides livelihood to all and preserves the environment for future generations, leading to a peaceful world. Over 500 million small farms manage most of the world's agricultural land including fish farming, and produce most of the world's food. We cannot imagine a situation without them. We need to ensure survival of these farms not just for their livelihood and survival, but also for global food security and alleviation of poverty, under-nourishment and malnutrition. I strongly believe that small farms and farmers in developing countries are the backbone of food security and hence my work over the years has been in this direction, developing low-input, low-cost technologies that could be adopted and sustained by small aquaculture farmers, especially women leading to their empowerment.

This award gives me the added energy to pursue my lifetime goals of contributing for a peaceful society through alleviation of hunger and poverty.

I pay homage to Reverend Dr. Sun Myung Moon for the ideals he stood for and his vision of one global peaceful family. Let us all work together to bring his ideals to reality. Thank you all.

Dr. Gupta receives
the Sunhak Peace Prize medal from
founder Dr. Hak Ja Han Moon.

A commemorative picture is taken after medals
have been awarded during the Sunhak Peace Prize Ceremony.
From left to right – founder Dr. Hak Ja Han Moon,
co-laureates Pres. Anote Tong and Dr. Modadugu Vijay Gupta,
and Committee Chairman Dr. Il Sik Hong.

This speech was given by Dr. Modadugu Vijay Gupta at the "2015 World Summit" international conference held on August 28, 2015 at the InterContinental Seoul Parnas Hotel in South Korea.

World Summit 2015 Lecture Speech

Seoul, Korea, August 28, 2015

SMALL-SCALE FARMING,
FOOD SECURITY AND PEACE[2)]

Madam Dr. Hak Ja Han Moon, Founder of Sunhak Peace Prize, Dr. Il Sik Hong, Chairman of the Sunhak Peace Prize Committee, Excellencies, honourable delegates, media representatives, Ladies and Gentlemen, a very good afternoon to you all.

It is a great honour and privilege for me to be talking in front of you today. Let me express my sincere gratitude to our host, the Sunhak Peace Prize Foundation and its founder Madam Dr. Hak Ja Han Moon.

My talk will focus on food security, global peace and the role of small-scale farmers for a food secure and peaceful world.

Poverty and Hunger:
Lord Buddha once said that the greatest disease of all mankind is "hunger". Today, poverty and hunger are the most devastating problems facing the developing world. Over 800 million or one in nine of the global population go to bed hungry every day. Almost all of them or 13.5 % of the population are in developing countries. Micronutrient deficiencies, which some people call as "hidden hunger" in one form or another affects more than 2 billion people globally, i.e. one in three of global population. If we look at the situation with regard to children, some 250 million children are at risk of vitamin A deficiency and equal number from deficiency of minerals such as iron, zinc, calcium, etc. Nearly 25,000 children under the age of 5 die every day, one third of them due to malnutrition. These statistics are difficult to digest, but are true. The situation may further aggravate with spiraling food prices being

witnessed in the last few years. We are witnessing this bleak picture in the present world that has the resources and knowledge to avert such a disaster and provide the fundamental right of people to adequate food, freedom from hunger and malnutrition.

The world's leaders in year 2000 through the Millennium Development Goals (MDGs) set a target of reducing hunger and malnutrition of population to half by year 2015, i.e. this year. While countries have made some progress, hunger and malnutrition still remain the major problems for most of the developing countries.

Future Food Demand:

While this is the situation that prevails now, let us briefly look at what the situation is going to be in the future. Global population has crossed the 7 billion mark and it is for the first time in recorded history that the population will have doubled in the span of one generation and scheduled to cross the 9 billion mark in the next 35 years, i.e., by year 2050. We can understand the enormity of the situation from the fact that the projected trajectory of population to 2050 indicates that we need to build a city of 1 million population every 5 days in developing countries. It has been estimated by the Food and Agriculture Organisation of the United Nations that to meet the demand of increasing population by 2050, we need to increase food production by 60% globally, while by 90 to 100% in developing countries. The enormity of the situation can be further gauged from the fact that more food has to be produced in the next 35 years than what was produced in the last 8,000 years. A fundamental question for science and for all of us is whether it is possible to increase food production of this magnitude at a time when: (i) resources are depleting, (ii) impact of climate change as a result of global warming that is expected to result in increased frequency of droughts and floods, is increasing, and (iii) the benefits of green revolution are diminishing, resulting in a call for a 2nd Green Revolution and some even call for Ever Green Revolution. Research undertaken by the International Food Policy Research Institute indicates that many crop yields will actually decrease by 25% in the next 35 years due to climate change. If we are not able to meet the projected demand for food, the consequences will be of increased poverty and malnutrition in developing countries leading to political unrest.

A question we need to ask ourselves is whether the food insecurity that we are witnessing today is due to insufficient production of food in the world? Even in countries where there is enough food to meet the needs, there is hunger and under-nourishment. Unless people have purchasing power, they will not be able to access food even if it is available in the country or in the markets. Economic access to food happens only when households generate sufficient income to produce or purchase food. Hence food security is linked with poverty reduction and subsequent eradication.

Food Security and Peace:
Let us briefly look at the link between food security and peace.

Poverty and hunger threaten peace everywhere and are seen as underlying causes of endemic conflict and civil violence. All of us are aware of the food crisis of 2007-2008 when food prices rose dramatically worldwide causing political and economic instability and social unrest, pushing an estimated 105 million people into poverty in low income countries. While food insecurity situations in some countries are caused by conflicts, it is mostly socio-economic inequities, unequal distribution of land and other natural resources that are responsible for food insecurity. Call for action to eliminate hunger, poverty and injustice that form the social bed of violence continues to get louder every day. For lasting peace, we need to address underlying issues that deter sustainable development and make society a fertile terrain for conflict, such as food insecurity, poverty and lack of human development.

According to the World Bank, the high price of food and energy is leading to potentially serious tensions and social unrest in at least 33 developing countries, where many families are forced to spend half to three-quarters of their income on food [while in the developed world this figure is less than 15%]. For these people, hunger is an ever-present threat and reality. Often, the right to food for them exists only in documents - documents never seen or heard of.

It has been observed that poverty and deprivation are the underlying causes for endemic conflict and civil violence. Much of this deprivation is in rural areas where 70% of the world's poor live on less than $1 a day and they must be the priority target for poverty reduction efforts and food security.

I strongly believe that sustainable peace, whether it is within a family, among communities, religions or across political borders can be achieved only when issues of poverty and hunger are addressed.

Fish, Food Security and Peace:
In this context, let me mention briefly my efforts in a humble way in the last 5 decades, looking at how fish farming or aquaculture can bring changes in the lives and livelihoods of the rural poor by providing adequate food and nutrition security, through making science relevant to the needs of the farming community in developing countries including war torn countries such as Laos and least developed countries such as Bangladesh.

Let me briefly touch on the role fish play in food security and indirectly in having a peaceful world. When we think of "fish," perhaps we think of oceans, reefs, rivers, restaurants, etc., but we do not think of malnutrition, high infant mortality rates, etc. It is a well known fact that fish are a rich source of protein, essential fatty acids, vitamins, minerals and a major source of animal protein to people in developing countries. Fish provides over 4.5 billion people of the global population with at least 15% of the animal protein intake. From an economic stand point, fish is by far the most internationally traded commodity, with global trade of fish estimated at around US$ 160 billion per annum. In many countries, foreign currency earned through exports of fish is used for imports of other food items. In addition, farming of fish is environmentally friendly compared to production of other animal protein such as beef, pork, etc.

Some of you may be aware of the fact that changing weather patterns due to global warming, urban development, depletion of natural resources and overfishing are emptying seas and rivers of fish affecting populations in Asia and Africa, where the poor find it difficult to obtain a regular supply of protein food and are dependent on fishing for their livelihoods. It is estimated that we need to produce an additional 30 million tons of fish by 2030 to meet current demand, based on current consumption patterns. Much of this demand has to be met through aquaculture as oceans and rivers continue to be over exploited and depleted.

Reverend Dr. Sun Myung Moon has rightly identified the potential of oceans and other aquatic systems as a major source for contributing to food security and peace.

Reaching the Unreached:
As stated earlier, a question often asked is whether increased production by

itself will solve the problem of food insecurity in the world? Since the beginning of the 20th century, there has been more food per capita available than ever before, yet nearly a billion people go hungry and undernourished worldwide. Over 30% of food produced or roughly 1.3 billion tons per year is wasted from the stage of production to consumption. While the loss takes place during production to marketing due to lack of infrastructure for processing and facilities for storage in developing countries, in developed countries the loss or waste is primarily during the purchase to consumption stage. Hence, it is not the lack of adequate food production, but it is the access to food that is of more importance. Hence, unless we address the issue of poverty reduction and increased access to food by poorer communities, we will not be able to solve the problem of food insecurity.

Over 80% of global food is produced by small-scale farmers and over 90% in developing countries. Fisheries and aquaculture contribute to increased incomes by providing food security to over 10% of the global population. So, ensuring the survival and livelihoods of small scale farmers is of utmost importance. Going by the Chinese proverb:

"give a man a fish, he eats for a day; teach a man how to fish, he eats for a life-time", my work over the years has focused on reaching the unreached with aquaculture technologies and capacity building for a sustainable development of resource-poor, small-scale farmers in different parts of the world. My first efforts were to develop technologies that could be sustained by the rural poor and landless with the meagre resources available to them. This meant going to farmers, understanding their social, cultural and economic aspects along with what natural resources they are endowed with and developing simple, low-cost, low-risk technologies that could be adopted and sustained by them. This approach started during the 1970s in India followed by other countries of Asia and subsequently adopted by African countries, has resulted in multi-fold increase in fish production, and laid the foundation for what we call today as "Blue Revolution". For example, aquaculture production which was about 1.3 million tons in 1970s in India has increased to over 4.2 million tons. Likewise, aquaculture production of around 75,000 tons during the 1980s in Bangladesh has increased to over a million tons. This innovation has not only resulted in increased production, but also in improving and creating livelihoods for millions of households in rural areas.

Rural development & integrated farming:
If small-scale farmers and the poor are to benefit from farming, we have to think of aquaculture in the context of rural development. Systems developed in Asia and now being tried in Africa for integrating aquaculture with crop and livestock farming has resulted in increased household incomes and diversification of food crops, with less risk and environmentally friendly conditions. For example, the work we did in Asia of integrating fish farming with rice farming showed that integration resulted not only in increased benefits from integration, but increased rice productivity by 9-11% as well. Integration was achieved through little to no use of pesticides, leading to a better environment.

Access to resources:
Having developed technologies for small scale farmers, we looked at ways and means of bringing the benefit of aquaculture to the vast number of landless people. According to the Food and Agriculture Organisation of the United Nations (FAO-UN) and the International Labour Organisation (ILO), out of the over 1 billion people involved in agriculture globally, nearly half are

landless and work as labourers. Of some 240 million children who go to work globally, 60% are employed in agriculture including fisheries and aquaculture. Poverty is the root cause for these children to work in fields instead of going to schools. To address this issue to some extent in our work, we joined hands with some of the NGOs working at grass roots level, formed large number of groups of 5-10 landless people, motivated, trained and assisted them in leasing public and private water resources and start fish farming. The technologies developed were so simple, even children could participate in farming activities without any hindrance to their education. This has brought unutilised aquatic resources into use and at the same time created livelihoods among landless households. This approach has been a success and is being followed in many countries throughout Asia and Africa.

Women empowerment:
Now let me say a few words of our work with empowering rural women through fish farming.

We are all well aware of the role women have been playing in the global political scene, management of corporations, industry, etc. We have a number of role models in this gathering. This situation probably holds true for urban scenery and not the rural set up.

In my work, we looked at many poor rural communities in different countries. In all of these communities, the family is dependent on the meagre earnings of a male member of the family and women are confined to their homes and have no or few means of income. In spite of various chores the woman performs in the family, the husband says "my wife does not work' since she does not bring any cash income. Because of this, rural women do not have any say in running family affairs nor have a face in the society. It was observed that intake of calories of these women is 30% less than those of men as they do not get enough to eat. Hence, our work involved making these rural women contribute to household income and food security through aquaculture. It was not an easy task, took much effort to motivate them and convince as in some cases cultural or religious stigmas came into play. But once taken to aquaculture and seeing the benefits to the family, there was no going back, with more and more taking to aquaculture. This resulted in increased household income, improved nutrition and better education of children. The end result was empowerment of women within the family and in society. Further, studies have shown that if women farmers have the same access to resources as men have, agricultural output in developing countries would increase by 2.5 to 4.0%. Another study has shown that equalising women's status with men in South Asia and Sub-Saharan Africa can reduce malnourishment among 13.4 and 1.3 million children respectively. Our studies have shown that when a woman becomes an earning member of the family, there is more security and happiness in the family and better education of children. These studies have proved the importance of women's innate capacities as farmers, innovators and household managers in rural communities.

Application of Biotechnology:

When we talk of green revolution, we talk of genetic enhancement and hybridization of strains that has kept millions of people from starvation. But in the case of fish there was not much of domestication, especially in tropical countries and there was not much capacity for undertaking genetics research. Hence our work through networking and partnerships between advanced research organisations in developed countries and institutions in developing countries resulted in human resources development and institutional strengthening in developing countries in Asia, Pacific and Africa. This has resulted in development of a number of fast growing species of fish which are contributing to increased fish production in the developing countries.

Closing remarks:
In closing I would like to say, the Blue Revolution is in its early stages and much more needs to be done, if it is to contribute to food and nutritional security and improve the livelihoods of millions of rural poor. For this to happen, countries need appropriate strategies, development plans and allocation of adequate resources.

Let us all join our hands in addressing the issues of poverty, hunger and malnutrition to make the world a peaceful one for every one to live happily.

Thank you all for your patience.

Modadugu Vijay
GUPTA

Bringing the Blue Revolution to the Poor

- World Food Prize 2005 Acceptance Speech

Today we live in a world where poverty and hunger are still prevalent. In spite of the Millennium Development Goals to reduce the hungry and malnourished population by half by 2015, hunger and malnutrition still remain the most devastating problems facing the world's poor. Tragically, nutrient deficiencies in one form or another are affecting a considerable portion of the global population. This remains a continuing travesty of the recognized fundamental human right to adequate food, freedom from hunger and malnutrition, particularly in a world that has both the resources and knowledge to end the catastrophe.

Looking back to the days when I joined the fisheries in India in the early 1960s, I was an object of pity, as people of my community and friends thought I joined the fisheries because I could not get a job. That was the status of fish and fisheries at that time, especially in India where more than 50% of the population is vegetarian. I for myself did not think at that time that fisheries and aquaculture would receive this much attention and I would be here to receive this award.

Today fish is the most internationally traded commodity. It is estimated that global trade in fish is around $60 billion a year. The export of fish and fish products from developing countries exceeds those from meat, dairy, cereals, sugar, coffee, tobacco and all seeds. Over 40% of global fish production is traded across countries, as compared to only 10% in the case of meat. This is astonishing for a perishable commodity like fish and points to the increasing demand and changes in human diet globally.

A number of speakers in this symposium have stressed the need for a balanced diet. Fish are rich source of proteins, essential fatty acids, vitamins and minerals. Fish have a highly desirable nutrient profile, providing an excellent source of high-quality animal proteins that are easily digestible and contains vitamins A, B, E and selenium. The fats and fatty acids in fish, particularly the long chain n-3 fatty acids (n-3 PUFA), are highly beneficial and difficult to obtain from other food sources. Fish are also rich in many minerals like calcium, phosphorous, iodine, selenium and iodine in marine products.

Fish is a major source of animal proteins to people in developing countries. Probably people sitting here may not understand how important fish is to the people in the developing countries in Asia, Pacific and Africa, especially to the rural poor, contributing as much as 60 to 80% of the animal protein intake. Statistics indicate that the per capita consumption of fish globally has increased from 4 kg in 1973 to 16 kg now.

In addition to contributing to the nutrient security, the fisheries sector has also been providing employment to 200 million directly and over one billion when the support sector is included. Also the sector has been contributing to the economies of the developing countries in terms of foreign exchange earnings. For example, from a small country like Vietnam aquatic products worth $2.5 billion dollars are exported annually. This means the earnings from the fish exports are being used for import of other agricultural commodities.

It has been estimated by the WorldFish Center and the International Food Policy Research Institute that by year 2020 an additional 40 million tons of fish will be needed as against the present production of 104 million tons of food fish to meet the demand of a growing population, changing dietary habits and improved economic situation. Available information indicates that many natural (wild) fish populations have been fully exploited or overexploited and will not be able to contribute to additional production.

Studies undertaken by the WorldFish Center recently in nine countries of Asia indicated that inshore populations have declined to 10 to 30% of what they were in the 1970s. So if we do not act now to protect these resources, probably the future generations will have to see the fish in the museums. Warren Evens of the World Bank at the recently held Fish For All Summit in Nigeria said, "We are on the brink of a crisis; seven top commercial species have been over-exploited." The World Summit on Sustainable Development (WSSD) suggested restoring the depleted stocks to the original status by the year 2015, which I think is a tall order and not achievable, given the ground realities. Hence, it has become a challenge for the world to increase production through aquaculture to meet the growing demand.

Increased production does not necessarily lead to food security. What is needed is access to food for the poor. For agricultural production to not only increase but be sustainable and contribute to nutritional security and livelihood of the poor, a number of challenges need to be addressed. Ninety percent of global agricultural production comes from Asia where rural farmers constitute over 60 to 80% of the population. All the statistics I mentioned earlier do not mean much to the poor households who are the major consumers of fish, unless the issues of lack of access to resources – both natural and financial –, lack of skills, vulnerability and aversion to risks are addressed. These are the challenges that need to be addressed by all of us if poverty and malnutrition in developing countries are to be reversed through opening livelihood opportunities. This would mean understanding contextual circumstances, operating environments and the conditions that enable the poor to take advantage of the opportunities. In this context, I would like to take the opportunity to briefly mention some of the challenges that we have to address, and I have been addressing in some of my work in the last three decades.

The first challenge is to make science relevant to the needs of the farming community. I will take two examples of my work in India in the 1970s and the work in Bangladesh in the 1980s. I started my research in fisheries in the early 1960s when there was no realization in India of the importance of aquaculture. So I was asked to do the research on management of capture or wild fisheries. But realization came in the 1970s that if the demand for fish has to be met, we should not depend only on the capture fisheries or wild stocks, but have to go for aquaculture. So in 1971, I was asked to shift from management of wild fisheries to aquaculture research. By that time my colleagues in India had undertaken research and developed a technology that can give a production of three tons per hectare per year on experimental farms as against national average production of 800 kg per hectare. But the technology wasn't adopted by the farming community. They thought these technologies were developed at the research institute under ideal conditions, and they may not be relevant to the farming conditions that they have and also not financially viable.

So under a program that was initiated by Professor M.S. Swaminathan, the first recipient of the World Food Prize, I was asked to take the technology to the field and adapt to the prevailing agro-ecological conditions. That was my first exposure to aquaculture. Before that I did not have any experience in aquaculture. So the first task I took was to go to the communities and development agencies, see the resources they have – the natural resources, financial resources and human resources – and understand what their constraints are and what potentials are there in the field. From there, we started modifying the technologies in consultation with the farming communities. And to the surprise of everyone, in the first year itself the productions were five to six tons per hectare under the farmers' conditions as against three tons per hectare obtained under experimental conditions. This was the beginning of aquaculture development in India. From a production of about 75,000 tons from aquaculture in the 1970s, India now produces over two million tons of fish per year. At that time we didn't call it the Blue Revolution. We called it as "Aquaplosion".

The second example I would like to give you is the case from Bangladesh where I was working with the FAO and also the WorldFish Center. When I went there in 1986, I saw plenty of water because nearly two thirds of the country goes underwater for three to five months a year, as it's a low-lying area. There is plenty of water, but if we look at the fish, hardly any fish is there. The fish prices are very high, and the people are not able to get enough fish. So I was wondering – if there is so much water, which is basic requirement for fish, how is that there is not much fish? There are nearly five million ponds, out of which over 500,000 to 600,000 are small, homestead ponds which retain water only three to five months a year. And they were filled with aquatic weeds and formed the breeding ground for mosquitoes and creating a health hazard.

I asked my colleagues – "Why are not you doing fish culture? Here we have excellent opportunity?" They said, "Well, we have tried the culture of traditional carps, but the fish did not grow as the waters are turbid and shallow, so we gave up". I said, "We should not give up. You have tried only three species of fish. There are more than 240 species of fish that are suitable for aquaculture. Let us find out which species could be suitable." So we started experimenting, and finally we found two species which could grow under turbid and shallow water conditions and reach market size in three to five months' time. They were tilapia and one other carp called "silver barb". They were reaching about 150 to 200 grams in about five months' time. There was a demand for the fish in the market, and the people were able to get about one to two tons per hectare in short time of 3-5 months. So this has revolutionized the fish culture in Bangladesh. Now, Bangladesh produces about 850,000 tons of fish from aquaculture as compared with about 170,000 tons when the research started in 1986.

The second challenge I see is aquaculture in the context of rural development. If we are talking of small scale aquaculture to benefit rural farmers and increase production, we have to think of aquaculture in the context of rural development, not as a standalone activity and incorporate it with other farming activities. The system developed in Asia is now being tried in Africa for integrating aquaculture with crop farming and livestock farming. It has resulted in increased incomes to households, diversification of crops, less risk and environment friendliness, as it resulted in less or no use of pesticide and weedicides in rice farming.

For example, some of the work that we did in Asia of integrating aquaculture with rice farming showed that farmers are not only able to increase the benefits but also the rice production for some reason has gone up by 9 to 11% by including the fish. Also farmers are not using the pesticides as they're afraid if they use the pesticide, the fish might die. When we had this integrated pest management (IPM), the extension agents were going to the farmers and telling, "Don't use the pesticides, follow the IPM, it'll be all right and the crops will not be damaged", but farmers didn't want to take the risk, so they were still using the pesticides. But when we put the fish into the rice field, they were thinking twice to put the pesticide as that would kill the fish. So integration of aquaculture indirectly helped in introducing IPM.

The third challenge is access to resources. According to the Food and Agriculture Organization (FAO) and the International Labor Organization (ILO) that came up with a report very recently, out of 1.1 billion people involved in agriculture globally, 450 million work as laborers earning less than a dollar a day. Of estimated 246 million children who go to work globally, over 170 million, or 70%, are employed in agriculture. Each year 22,000 children are killed on jobs, many in agriculture. Are we going to continue the status like this, or are we going to do something for that? So we, the scientists, the planners, the administrators, the development agencies should take some action to reverse the situation.

In this context, I'll take an example of how we tried to involve the landless rural communities and benefit them through aquaculture. While working in Bangladesh we saw a large number of public and private sector water bodies which are not being used for aquaculture. With the cooperation of non-government organizations (NGOs), small groups of each five to ten landless people were formed and they were motivated and trained by the NGOs, and the public sector water bodies and the private water bodies which are not being used were leased to these landless groups. And that was again a success. And now it's being continued and other countries are trying to follow suit.

The fourth challenge as I see is the importance of women in aquaculture. Realizing that women are confined to their homes and have no or few means of income in countries such as Bangladesh, we tried to see whether the women could be involved in aquaculture operations. The low-cost, low-input, high-output aquaculture technologies that have been developed through onfarm research, are suitable for the women, as the ponds are situated near to their homesteads. So we motivated the groups of women, trained them, and the NGOs came forward to give them microcredit, and they started fish culture. Again, it was a grand success. Now, nearly 60% of the fish farmers in Bangladesh are women. So this has resulted not only in increasing the fish production but also increasing income for the households, increase in nutrition, and important of all, importance of the woman. Before that, the women didn't have a status within their families or in the society. Now women have become earning members of the family. Some women told me, "Earlier my husband used to beat me. Now he cannot dare to do that, because I earn more than him." So the adoption of aquaculture has resulted in empowerment of women.

The result of all these activities – in Bangladesh rural economy, fish has become indispensable in the context of household food security, employment and income for the poor. When we started working with the communities, it was our understanding that the fish produced will be consumed by the households. However, in reality, the farmers were consuming only about 20% of the production and were selling 80% of the production to generate cash income. They were selling high value species they were culturing and buying cheaper, dry fish and other household needs.

The fifth challenge as I see it – the need for better breeds of fish. If we talk of the Green Revolution, the father of the Green Revolution Dr. Norman Borlauf is here, it is because of the Green Revolution technologies – genetic enhancement and hybridization of the strains that saved millions from starvation. But if we look at the case of the fish, there is not much of a domestication, and most of the species that we presently use in Asia and Africa for culture are worse than their cousins in the wild, because of continuous in-breeding in the hatcheries. So the WorldFish Center started developing methods for genetic enhancement of fish in the late 1980s and '90s, and this has resulted in developing methods for genetic enhancement of tropical fish using Nile tilapia as a test species. The improved Nile tilapia, which is native to Africa, is showing about 85% faster growth after five generations of selective breeding as compared with the base population. This genetic enhancement methods is being presently utilized for other major species in aquaculture such as carps which contribute more than 60% to the global aquaculture production. Already some species in different countries of Asia, after three generations of selective breeding are showing over 30% increased growth.

The sixth challenge is keeping environment in good condition. After the announcement of the award, I was going through the Internet and in one of the sites where this announcement was made, somebody commented, "Oh, another blow to environment." They thought fish culture always results in degradation of the environment. Of course, there is some truth in that – in the early stages of shrimp culture, mangroves were destroyed in many countries. But people are realizing the mistakes they have made and taking corrective measures. Shrimp is only miniscule of the total global agricultural production we are talking about.

The seventh challenging area is developing partnerships between public and private sectors, learning the lessons from the crops and livestock sectors. If we look at the crop sector, seed production is completely in the hands of the private sector which has come up very well. But in the case of fish, we are still to develop to that level. So there is a potential to develop the partnership between the public and private sectors.

Lastly, let us look at the policy atmosphere... In most countries policies are in place for aquaculture development. But what is lacking to make the technologies work for the poor are the strategies, development plans and allocation of adequate resources, both human and financial. What is needed is the willpower of governments to implement policies and strategies for increasing fish production for meeting the increasing demand. In an era of globalization and trade liberalization, approaches should also focus on producing a product that is affordable, acceptable and accessible to all sectors of the society. We are in the beginning of the Blue Revolution, but much more needs to be done for the needy to take advantage of the science. Let us hope that all of us join our hands to make it a success.

In closing, though I have received this award, I still feel somewhat sad. I was able to convince a million families to take to aquaculture, but I could not convince my wife of 40 years and my brother of 60 years who are here to eat fish. But I am not giving up. I'm still trying. I think I'll succeed one day.

Thank you very much.

Food Peace ✦ Modadugu Vijay

모다두구 비제이 굽타

GUPTA

Contents

발간사

청색혁명의 선구자, 굽타 박사

평화란 전쟁의 부재가 아니라 전쟁을 포함한 여러 형태의 폭력과 인간을 위협하는 다양한 형태의 박탈이 없는 상태로 볼 수 있습니다. 간디연구소 (Gandhian Institute of Studies)의 다스굽타(Sugata Dasgupta) 소장은 빈곤과 기아 등 제3세계가 직면하고 있는 비인권적 삶의 심각성을 제기하고, 이러한 문제를 해결하는 것이 평화연구의 과제가 된다고 주장하였습니다. 평화학자 요한 갈퉁(Johan Galtung)은 이러한 논의를 발전시켜 폭력을 직접적 폭력과 구조적 폭력으로 구분하고 세계가 '구조적 폭력'을 해결하여 적극적 평화를 실현할 수 있도록 노력해야 한다고 제안하였습니다.

선학평화상위원회는 평화연구의 이러한 역사적 흐름 속에서 먼저 미래 세대들이 직면하게 될 가장 시급한 비평화적 위기가 무엇인가를 논의하였습니다. 인구 증가와 기후 변화, 식량 위기, 에너지 고갈, 물 부족 등이 우리의 삶을 위협하는 대표적인 미래의 위기들로 언급되고 있으며, 이처럼 다양한 위기들이 거론되고 있지만 실상 이러한 위기들은 상호 연계되어 있어 하나의 위기가 다른 위기를 야기하거나 낳는 양상으로 나타나고 있습니다. 이에 본 위원회는 그중 가장 중대한 위기 중 하나로 인간의 생존과 직결된 식량 위기에 주목했습니다.

글로벌한 맥락에서 단기적으로 나타나는 식량 위기의 징후는 국제 곡물 가격의 급등입니다. 국제 곡물 가격 급등은 수급 불안정을 가져오고 이에 따라 곡물 수출국의 수출 제한이 이루어지는 현행을 보이고 있습니다. 이러한 경향이 특정 시기와 국면에 국한될 경우는 큰 문제가 되지 않겠지만, 장기화되면서 세계적으로 확산될 경우 식량 무기화로 나타날 가능성이 있습니다. 특히 식량 자급에 취약한 국가들에게는 식량 안보 위기가 초래될 것입니다.

식량 안보는 인구 증가, 유가와 식량 비용의 상승, 그리고 기후 변화와 같은 여러 문제들로 인해 세계적으로 매우 중요한 사안으로 부상하고 있습니다.

식량 위기의 원인으로 식량 분배의 불균형 문제가 지적되기도 합니다. 세계적으로 식량의 분배는 불평등하게 이루어지고 있으며 앞으로 국가 간, 지역 간, 계층 간 양극화는 더욱 심화될 것이기 때문입니다. 그러나 식량의 분배는 여러 복합적인 상황이 해결되어야 가능한 일입니다. 예를 들어 중국과 인도에 전 세계 인구의 1/3이 살고 있지만 이들은 깨끗한 물, 경작지의 절대적인 부족 등에 시달리고 있습니다. 다른 대륙에서 식량이 공급되기에도 한계가 있는 것입니다. 이들이 자체적으로 식량을 생산할 수 있는 환경과 기술이 조성되어야 합니다.

본 위원회는 식량 위기 해결을 위한 유력한 대안으로 해양자원 개발을 통한 식량 자원 확보에 주목했습니다. 선학평화상 창설자이신 문선명 총재는 "전 세계를 돌아보며 느끼는 가장 다급한 위험은 식량 문제입니다. 식량 문제야말로 한시도 미룰 수 없습니다. 지금도 우리가 사는 세상에는 하루에만 2만 명이 굶어 죽어가고 있습니다. 내가 아니라고 내 아이가 아니라고 모른 척 해서는 안 됩니다. 단순히 먹을 것을 나눠주는 것만으로는 굶주림을 해결할 수 없습니다. 더욱 근본적인 시각에서 접근해야 합니다. 나는 두 가지 근본적이고 구체적인 방안을 생각하고 있습니다. 하나는 값싼 비용으로 먹을거리를 충분히 공급하는 것이고, 다른 하나는 가난을 이기고 나올 자립력을 나눠주는 것입니다."라고 말하였습니다.

또한 "식량 문제는 앞으로 인류에게 매우 심각한 위기를 안겨 줄 것입니다. 왜냐하면 제한된 육지에서 생산되는 것만으로는 지구 상의 인류를 모두

먹여 살릴 수 없기 때문입니다. 그래서 바다에서 해결책을 찾아야 합니다. 바다는 미래의 식량문제를 해결할 수 있는 열쇠입니다. 내가 수십 년 전부터 끊임없이 바다를 개척한 이유도 여기에 있습니다. 식량문제를 해결하지 않고는 이상적인 평화세계를 건설할 수 없습니다."라고 강조한 바 있습니다.

이에 본 위원회는 제1회 선학평화상 수상자로 식량 위기의 문제를 공론화하고 이를 해결하기 위해 노력한 굽타 박사를 선정하였습니다. 그리고 부족하나마 인류를 위한 굽타 박사의 고귀한 활동을 소개하기 위해 본 책자를 제작하였습니다. 굽타 박사는 양식 연구를 하는 과학자이기 전에 빈민들의 식량 안보를 걱정하고 이를 해결하기 위해 노력해온 식량 평화의 선구자입니다. 본 책자를 통해 굽타 박사의 활동을 이해하고 그 활동에 담긴 따뜻한 마음을 만날 수 있기를 바랍니다.

2016. 1
선학평화상위원회

프롤로그
식량이 평화다

식량은 인류가 생명을 유지하는 데 필요한 가장 필수적인 자원이다. 오랜 세월 각국 정부와 국제 사회가 인류의 생존을 위해 기본적인 자원인 식량 확보를 위해 많은 노력을 기울여 왔음에도 불구하고 지구촌의 식량 부족은 난제로 남아 있으며, 아직도 수억 명의 인류가 굶주림의 고통에 시달리고 있다.

유엔식량농업기구(Food and Agriculture Organization of the United Nations: FAO)의 발표에 따르면, 2014년 세계 영양 부족 인구는 8억 5백만 명에 달하고 있다. 이는 1990년~1992년에 비해 2억 900만 명 정도 감소된 수치이지만, 여전히 세계 인구 9명 중 1명이 활동적이고 건강한 삶을 영위하는 데 필요한 식량을 충분히 섭취하지 못하고 있다는 것을 의미한다.

FAO에 따르면 영양 부족 인구의 대부분은 개발도상국에 살고 있으며, 2012년~2014년 기준으로 약 7억 9천만 명에 이르는 것으로 집계되었다. 아프리카는 전반적으로 기아 감축 속도가 세계적 추이에 비해 더뎠으며, 특히 아프리카 사하라 사막 이남 지역은 잦은 물리적 소요사태 및 자연재해로 4명 중 1명이 충분한 음식을 먹을 수 없는 상태다. 말라위에서는 5세 미만 어린이의 절반이 저체중이며, 중동의 예멘은 정치, 경제 불안과 분쟁으로 식량 불안이 가장 심각한 나라 중 하나로 보고되고 있다.

아시아에서도 세계 영양 부족 인구의 2/3에 해당하는 수치인 5억 2600만 명이 식량 부족에 시달리고 있다. 특히 서아시아의 경우 정치 불안정과 경기 침체로 최근 식량 부족 현상이 더욱 심화되어 1990년~1992년 6.3%였던 영양 부족 인구가 2012년~2014년에는 8.7%로 2.4%나 증가하였다. 이에 따라 아시아와 아프리카의 기아 감축을 위한 통합적인 노력이 지속적으로 요청되고 있다.

	1990-1992		2000-2002		2012-2014	
	명(100만)	%	명(100만)	%	명(100만)	%
세계	1,014.5	18.7	929.9	14.9	805.3	11.3
선진국	20.4	<5	21.1	<5	14.6	<5
개도국	994.1	23.4	908.7	18.2	790.7	13.5
아프리카	182.1	27.7	209.0	25.2	226.7	20.5
아시아	742.6	23.7	637.5	17.6	525.6	12.7
남미, 카리브 연안	68.5	15.3	61.0	11.5	37.0	6.1
오세아니아	1.0	15.7	1.3	15.4	1.4	14.0

자료 : FAO(2014)

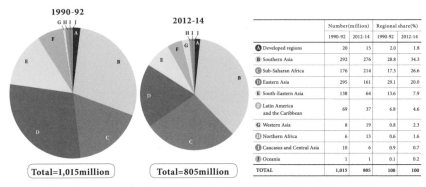

Note: The areas of the pie charts are proportional to the total number of undernourished in each period. Data for 2014-16 refer to provisional estimates. All figures are rounded.
Source: FAO.

표1: 2014 FAO 세계 기아 분포도 변화

지구 상에 8억 명이 넘는 기아 인구가 존재함에도 불구하고 세계적인 식량 위기는 갈수록 심화되고 있어 많은 우려를 낳고 있다. 특히 2008년 주요 곡물 가격이 폭등하여 국제 시장의 식량 수급 불안정성이 증가하면서 식량 안보가 인류의 미래를 위한 가장 중요한 문제 중 하나로 인식되고 있다.

지난 20여 년 동안 국제 곡물 시장은 대체적으로 안정된 상태를 유지하고 있었다. 그러나 2004년부터 빠르게 증가하는 곡물 수요량을 생산량이 따라가지 못하면서 국제 곡물 가격이 가파르게 상승하기 시작했다. 그에 더하여 2005년에는 극심한 기상재해가 겹치고, 2007년~2008년에는 유가상승이 농업 생산비 증가로 이어지면서 국제 곡물 가격이 예측하지 못했던 수준까지 치솟았다. 이 기간 동안 세계은행의 식품가격지수(World Bank's Food Price Index)가 몇 달 사이에 60%나 올랐으며, 옥수수, 쌀, 밀의 국제 가격이 2007년 중반에 비해 각각 70%, 180%, 120% 급상승했다.

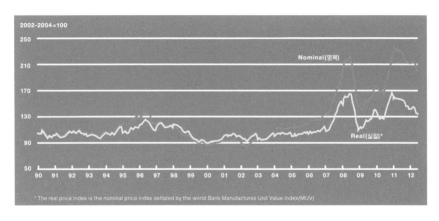

표2: FAO 식량 가격 지수 동향(1990~2012)

2007년~2008년 국제 곡물 가격 폭등은 식량 수입국들에게 경제적 부담을 가중시켰고 특히, 만성적인 식량 문제를 안고 있던 개도국은 위기 상황으로 치달았다. 가난한 개도국들은 소득의 대부분을 식량 구입에 사용하면서도 곡물 가격 상승에 무방비 상태였기 때문에 큰 타격을 받았던 것이다. 세계은행의 연구에 따르면 글로벌 식량 위기가 있었던 이 기간 동안 기존 1억 명이었던 빈곤 인구가 2억 명으로 두 배나 증가되었으며, 영양 결핍 인구는 6천 3백만 명에 달하게 된 것으로 조사되었다. 2008년 중반에 들어서 식량 가격과 연료 가격이 떨어졌지만 2010년 6월과 2011년 6월의 연이은 가격 상승으로 식량 가격의 불안정성은 다시금 나타났다. 또한 2008년 글로벌 경제 위기와 경제 불황이 장기화되면서 저소득국가의 빈곤층은 생계를 유지하기가 더욱 어려워졌다.

이러한 곡물 가격 급등은 일시적인 현상이 아니라 전 지구적이고도 구조적인 문제로, 지구온난화로 인한 기후 변화, 개도국의 경제 성장에 따른 동물성 식품 소비 증가, 곡물을 이용한 바이오 에너지 수요 증가 등이 맞물려 파생된 결과다.

곡물 가격 급등의 주된 원인은 첫째, 지구온난화로 인한 기후 변화다. 기후 변화에 관한 정부간 패널(Intergovernmental Panel on Climate Change: IPCC)의 제5차 평가보고서에 따르면 온실가스의 효과 등으로 지난 133년 동안 지구의 평균 온도는 0.85°C 오르고, 평균 해수면은 110년간 19cm 상승한 것으로 조사되었다. 기상 조건은 농업생산에 절대적인 요소로 작용한다. 그러나 최근에는 지구온난화로 인한 가뭄, 태풍, 홍수 등의 이상 기후가 세계 곳곳에서 나타나면서 주요 곡물 생산에 치명적인 영향을 미치고 있다. 호주는 연간 2,500만 톤의 밀을 생산하는 세계 제2의 수출국이었으나 가뭄으로 2006년 밀 생산이 60%나 격감했으며, 전통적인 쌀 수출국인 미얀마는 2008년 태풍으로 바닷물이 내륙의 논까지 덮쳐 쌀을 수입해야 하는 상황이었다. 미국의 경우 2012년 심각한 가뭄으로 인해 옥수수 생산량이 전년 대비 5.4%, 러시아는 2010년 가뭄으로 밀 생산량이 전년 대비 32.8% 감소했다. 또한 해안가의 많은 농경지가 해수면 상승에 따른 토양 침식으로 황무지로 변하고 있으며, 지하수층이 고갈되면서 지속적인 농업 생산을 어렵게 만들고 있다. 이미 아프리카는 지구온난화로 인한 사막화로 경작지 감소는 물론 농업 생산 기반 자체가 흔들리고 있다. 식량농업정책연구소(FAPRI)는 기후 변화로 세계의 곡물 생산량이 지금보다 감소할 것인데 반해 수요는 높아져 주요 곡물 가격이 앞으로 10여 년간 지속적으로 상승세를 유지할 것이라는 어두운 전망을 내놓았다.

둘째, 개발도상국의 경제 성장에 의한 동물성 식품의 소비 증가도 곡물 가격 상승을 야기하는 또 다른 요인이다. 브라질, 러시아, 인도, 중국의 경제 성장으로 소득이 증가하면서 동물성 식품에 대한 소비가 급속히 늘고 있다. 중국의 육류 소비량은 2006년 6,210만 톤에서 2011년 6,858만 톤으로 5년 새 10.4%, 인도의 우유 소비량은 최근 5년 새 26.3%가 증가했다. 워싱턴포스트에 따르면 소고기 1kg을 생산하기 위해서는 7~8.5kg의 곡물 사료, 돼지고기 1kg 생산에는 5~7kg의 곡물 사료가 필요하다고 밝혔다. 이에 사료용 곡물 소비가 폭발적으로 증가하면서 곡물 수입 국가가 늘고, 주요 곡물 가격도 가파르게 오르고 있다.

셋째, 바이오 연료로 소비되는 곡물이 급증한 것도 식량 가격 상승과 밀접한 관련을 지닌다. 유가가 급등하면서 바이오 에너지의 경제성이 높아지자 많은 국가들이 경쟁적으로 바이오 에너지 개발 정책을 추진하고 있다. 2006년~2011년 6년 동안 전 세계 바이오 에탄올 생산량은 2000년~2005년보다 무려 3배가량 늘어났다. 바이오 에너지 개발을 주도하고 있는 미국의 경우 여기에 투입하는 옥수수량이 빠른 속도로 증가하고 있다. 2008년에는 1.5억 톤의 옥수수가 바이오 에너지용으로 사용되어 미국 옥수수 총 소비량의 30%를 차지하였다. 세계적으로도 2007년 옥수수 소비량의 약 13%가 바이오 에너지 생산용으로, 60%가 사료용으로 사용되었다. 식량이던 곡물이 에너지 생산원료로 용도가 전환됨에 따라 결과적으로 식량 위기를 부추기고 있는 것이다.

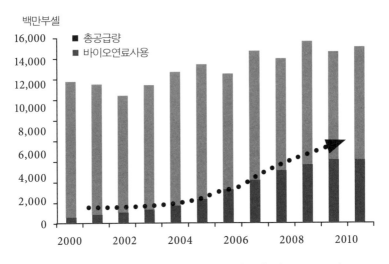

표3: 세계 옥수수 생산량 중 바이오 연료로 쓰이는 비중(UNDA, 2011)

이와 같이 다양한 요인들이 맞물려 식량 수급의 불안정성을 증폭시키며 식량 위기가 가속화되고 있으며, 더군다나 세계 인구가 가파르게 증가하고 있어 인류의 미래 식량 안보는 더 어두워질 전망이다. 세계 인구는 1950년 25억 명에서 2000년에 61억 명으로 증가하였으며, 50년 후인 2050년에는 91억 명으로 증가할 것으로 예상되고 있다.

FAO의 『2050년 인류생존 보고서(2009)』에 따르면 2050년 즈음이면 인류가 91억 명으로 늘어나게 되어, 이들을 먹여 살릴 식량 생산량이 70% 늘어야 한다고 분석하고 있다. 또한 국제식량정책연구소(International Food Policy Research Institute: IFPRI)는 늘어난 인구 때문에 2050년 옥수수 가격은 42~131%, 쌀은 11~78%, 밀은 17~67% 더 오를 것으로 내다봤다. 나아가 인구 증가와 소득 증가로 곡물에 대한 수요는 더 늘어나지만 지구 환경

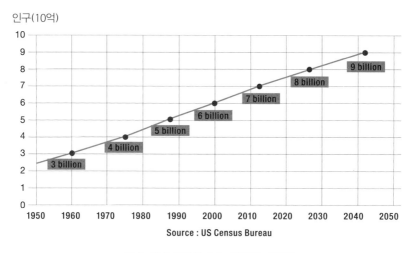

표4 : 세계 인구 증가 추이(1950~2050)

변화의 영향으로 생산 증가는 둔화될 것으로 우려 섞인 예측을 내놓고 있다.

　곡물뿐 아니라 수산물에서도 피시 플레이션과 수산 식량 위기는 점점 가속화되고 있다. FAO는 수산물 소비가 급증하는 반면 어족 자원은 부족하여 인플레이션 가능성이 높다고 지적하였는데, 2030년 즈음이면 세계적으로 9,200만 톤의 수산물이 부족할 것이라는 어두운 전망을 내놓았다.

수산물 공급 부족의 주된 원인으로는 기후 변화로 인한 바다 환경의 변화와 늘어난 대형 어선 등 어로 작업 방식의 변화가 지적되고 있다. 그간 인류가 마구잡이로 수산물을 남획한데다 지구온난화까지 겹쳐 어족 자원이 점차 고갈되고 있는 것이다. 기후 변화로 인한 바다 환경 변화는 장기적으로 연구되어야 할 부분이지만 어로 작업에 대해서는 많은 대안들이 논의되고 있다. 대표적인 것이 '산란기에 어획을 금지하는 정책'과 작은 어종들을 보호할 수 있는 '그물망 크기 제한 정책'이다. 그러나 전 세계가 이러한 정책에 합의한다 하더라도 수산업의 전망은 그리 밝지 않다. 기후 변화가 예측 불가능하게 전개되고 있으며 이미 고갈된 어장을 회복하는데 앞으로 얼마의 시간이 걸릴지 예측할 수 없기 때문이다.

수산물 소비량이 급증하고 있는 것도 피시 플레이션의 주된 요인이다. FAO 수산국 보고서에 따르면 세계 1인당 연간 수산물 소비량은 2004년 16kg에서 2030년에는 19~21kg로 늘어날 전망이다. 그중에서도 남아시아 60%, 중남미 50%, 중국 84% 이상 증가될 것으로 예측되고 있다. 특히 최근 중국의 1인당 수산물 소비량은 세계 1인당 수산물 소비량의 증가치인 3%의 두 배가 넘는 6%로 가파르게 증가하고 있다. FAO는 세계 수산물 소비량의 가파른 증가에 따라 수산물 가격 또한 지속적으로 상승할 것으로 내다보았다.

이러한 수산 식량 위기에 대한 해법으로 FAO와 일부 학자들은 '양식'수산물의 증가를 제시하고 있다. FAO의 통계에 따르면 전 세계 수산물 생산량은 정체되고 있는 가운데 어획 수산물의 생산량은 감소, 양식 수산물의 생산량은 증가하고 있다. 즉, 바다에서 잡히는 물고기량은 감소하는 반면 양식장에서 생산되는 물고기량은 늘어나고 있다는 얘기다.

2009년 총 세계 수산물 생산량은 14,510만 톤으로, 양식 수산물이 5,510만 톤이고 어획 수산물이 9,000만 톤이다. 이 중 양식 수산물의 생산량은 꾸준히 증가하여 세계 총수산물 생산량의 38% 수준에 이르렀고, 지금도 계속 증가 중이다. 2004년 대비 2009년의 어획 수산물은 2.6% 감소하였다.

내수면 어획량이 같은 기간 동안 17.4% 증가한 것을 고려하면, 해면 어획 수산물의 생산량은 4.7% 감소로 그 폭이 더 크며 향후에도 생산량 증가를

구분			2004(A)	2005	2006	2007	2008	2009(B)	B/A
생산	내수면 어업	어획	8.6	9.4	9.8	10.0	10.2	10.1	17.4
		양식	25.2	26.8	28.7	30.7	32.9	35.0	38.9
		소계	33.8	36.2	38.5	40.7	43.1	45.1	33.4
	해면 어업	어획	83.8	82.7	80	79.9	79.5	79.9	-4.7
		양식	16.7	17.5	18.6	19.2	19.7	20.1	20.4
		소계	100.5	100.2	98.6	99.1	99.2	100.1	-0.5
	세계 총생산량	어획	92.4	92.1	89.8	89.9	89.7	90.0	-2.6
		양식	41.9	44.3	47.3	49.9	52.6	55.1	31.5
		합계	134.3	136.4	137.1	139.8	142.3	145.1	8.0
이용	식용수산물		104.4	107.3	110.7	112.7	115.1	117.8	12.8
	비식용수산물		29.9	29.1	26.4	27.1	27.2	27.3	-8.7
	인구(10억)		6.4	6.5	6.6	6.7	6.8	6.8	6.2
	1인 1년당 공급량(kg)		16.2	16.5	16.8	16.9	17.1	17.2	6.2

자료 : FAO. The State of World Fisheries and Aquaculture 2010

표5: 세계 수산물의 수급 구조

기대하기 어렵다. 하지만 양식 수산물의 생산량은 내수면 양식과 해면 양식이 모두 증가하여 같은 기간 동안 31.5%의 증가를 보였다.

많은 식량 전문가들은 21세기의 가장 중요한 식량 산업으로 양식업을 꼽는다. 농업은 경작지의 한계가 이미 왔고, 환경오염 때문에 더 늘리기도 어렵다. 일반 어선어업은 수산자원의 양에 한계가 있기 때문에 무작정 잡아내지 못한다. 지속가능한 수산업을 망치기 때문이다. 그러나 양식어업은 다르다. 땅에서 농사를 짓듯 광대한 바다에서 기술만 제대로 지원된다면 양식업은 인류의 식량 위기에 대안이 될 수 있다. 물론 여기에도 전제 조건이 있다. 바다 환경을 잘 보호하여 환경부양 능력이 떨어지지 않도록 해야 하고, 양식 어류에게 먹일 사료 공급이 원활해야 한다. 이 두 가지 조건이 충족된다면 앞으로 양식은 전 지구적인 식량 위기를 극복할 수 있는 중요한 방안이 될 것으로 전망되고 있다. 인류의 미래 식량 안보를 위해 주목받고 있는 것이 바로 굽타 박사의 양식 연구이다. 그가 개발한 다양한 양식 기술들은 수산물 생산량을 획기적으로 증가시켜 불안정한 인류의 미래 식량 수급의 대안이 되고 있다. 무엇보다 굽타 박사는 양식을 식량 증산 기술로만 접근한 것이 아니라, 빈민들이 저비용으로 질 좋은 동물성 단백질을 섭취할 수 있도록 돕는 빈민구제의 방법으로 접근하였다. 뜨거운 인류애에 기반한 노력이었다. 그는 인도, 라오스, 태국, 베트남, 방글라데시, 아프리카 등 전 세계의 가난한 농민들에게 양식 기술을 교육, 전수함으로써 갈수록 심각해지는 식량 위기와 빈민들의 기아 현상을 극복할 수 있는 대안을 제시하였다.

많은 미래학자들이 앞으로 20년~30년 안에 기후 변화와 인구 급증으로 식량 안보에 문제가 발생할 것으로 예상하고 있다. 그리고 이러한 식량 위기는 무엇보다 가난한 빈민들에게 큰 타격이 될 것이다. 굽타 박사는 경제 성장과 기아 감소가 등호로 연결되지 않았던 역사적인 경험을 상기시키면서 빈민들이 양식을 통해 자신들의 식량 안보를 지킬 수 있도록 전 세계가 지원해 줄 것을 요청하고 있다.

제1회 선학평화상 수상 기념서

Modadugu Vijay
GUPTA

바다에서 어부를 만나다

굽타 박사는 1939년 8월 17일 인도의 남동부에 위치한 군투르 바바틀라 (Bapatla, Guntur district)에서 태어나 성장하였다. 군투르는 안드라 프라데시(Andhra Pradesh)주에 있는 도시로 크리슈나 강 삼각주에 자리하고 있는 교통의 중심지이다. 삼각주에 위치해 토지가 비옥하고 농업을 하기 좋은 기후를 가지고 있으며 교역이 활발해 아시아 최대 규모의 향신료 도매시장이 있기도 하다.

굽타 박사는 아버지 나젠드라 굽타(Nagendra Gupta)와 어머니 라야라크쉬미(Rajyalakshmi) 사이에서 셋째 아들로 태어나 비교적 유복한 환경에서 성장했다. 아버지는 시간적인 여유가 있을 때면 아들들과 함께 해변으로 가곤 했다. 집이 해변에서 5km 정도 떨어진 곳에 있어서 비교적 바다에 자주 갈 수 있었는데 따뜻하고 푸른 인도양 바다는 늘 굽타를 반겨주는 것 같았다.

어린 굽타의 눈길을 사로잡은 것은 바닷물 속을 헤엄치는 물고기였다. 푸른 바다 속에는 많은 물고기가 살고 있었다. 깊은 바다 속까지 가지 않아도 작은 물고기들이 무리를 지어 헤엄치는 것을 볼 수 있었기 때문에 굽타는 헤엄을 치는 것보다 물속에 머리를 넣고 물고기를 구경하는 것을 더 좋아했다.

그러던 어느 날 굽타는 분홍빛 물고기를 보게 되었다. 어머니가 즐겨 두르는 스카프와 같은 빛깔이었다. 어머니가 보시면 좋아하시겠다는 생각에 물고기를 잡아 집으로 가져가고 싶었으나 손을 뻗으면 잡힐 듯 가까워 보이는데도 쉽게 잡히지 않았다. 어린 굽타는 분명 느리게 헤엄치고 있는 것 같은데 손이 닿기 전에 다른 곳으로 헤엄쳐 가는 물고기가 야속하기만 했다. 잡힐 듯 잡히지 않는 물고기를 쫓다가 실망한 굽타는 결국 물고기 잡기를 포기하고 시무룩한 얼굴로 집으로 돌아왔다.

그런데 아버지의 손을 잡고 집으로 향하던 어린 굽타의 눈이 동그랗게 커졌다. 큰 물고기들을 그물망 한가득 담아 가는 아저씨를 보았기 때문이다. 굽타가 잡고 싶었던 빛깔의 물고기는 아니었지만 큰 물고기를 가진 아저씨가 신기하기만 했다.

"아버지, 저 아저씨는 누구예요?"

"어부란다. 물고기를 잡아서 다른 사람에게 팔거나 집에서 먹는 사람이지."

"저 물고기는 전부 저 아저씨가 잡은 건가요?"

"그럼, 어부는 물고기를 잘 잡는 사람이란다."

아버지는 굽타의 질문에 빙그레 웃으며 대답해 주셨다. 어린 굽타의 눈에 큰 물고기를 잡는 어부는 대단히 큰 존재로 느껴졌다. 자신은 오후 내내 애를 썼지만 작은 물고기 한 마리도 잡지 못했기 때문이다. 그런데 어부의 옷차림은 허름하고 지저분했고 얼굴은 지쳐 보였다.

"그런데 저 아저씨는 왜 힘들어 보여요?"

"어부로 사는 건 고된 일이란다. 부자로 살 만큼 물고기가 많이 잡히지 않거든."

굽타는 대단하게만 보이는 어부가 가난하다는 것이 이해가 되지 않았다. '어부는 물고기 잡는 힘든 일도 잘하는데 왜 가난할까? 물고기가 왜 잘 잡히지 않을까? 어부가 부자로 살면 좋을 텐데……'

"세상에는 우리보다 가난한 사람이 많단다. 특히 인도는 인구가 많아서 저 아저씨처럼 열심히 노력하는데도 가난한 사람들이 많지. 우리 아들이 나중에 커서 가난한 사람들을 도와줄 수 있는 사람이 되면 좋겠다."

"굽타 박사는 어린 시절 가난해 보이는 어부를 보고
어업에 관심을 가지기 시작했다. 가난한 사람들을 도울 수 있는
훌륭한 사람이 되라는 아버지의 말씀처럼
어부를 돕는 사람이 되고 싶었다."

아버지는 그렇게 말하면서 굽타의 손을 힘주어 꼭 잡았다. 그날 굽타는 아버지의 크고 따뜻한 손길을 마주 잡으며 나중에 커서 어부 아저씨를 도울 수 있는 사람이 되어야겠다고 결심하였다.

그날부터 굽타는 아버지와 함께 바닷가에 갈 때면 어부 아저씨를 눈여겨 보게 되었다. 굽타에게 어부 아저씨는 신기하고 대단한 존재였다. 굽타의 가족은 철저한 채식을 하고 있었기 때문에 굽타는 한 번도 생선을 먹어보지 못했다. 그래서 물고기를 잡아서 먹기도 하고, 다른 사람에게 팔기도 하는 어부 아저씨는 여러 모로 낯설고 흥미로운 존재였던 것이다.

아버지는 굽타가 의사가 되어 가난한 사람들을 돕길 바랐다. 1940년대 인도는 여러 모로 열악한 환경이었기 때문에 굶주림에 고통 받는 사람도 많았고, 의료 혜택을 누리지 못하는 사람들도 많았다. 그런 현실을 누구보다 잘 알고 있던 아버지 나젠드라 굽타는 늘 아들에게 경제적으로 안정적인 환경에서 사는 사람들이 더 많이 배워서 가난한 사람들을 위해 살아야 한다고 말해주었다. 특히 다른 사람을 도울 수 있는 지식을 배워야 한다고 강조하였다.

굽타는 아버지의 바람대로 의사가 되고자 하였다. 하지만 사실 아버지의 바람과 달리 의학보다는 생물학에 더 관심을 가졌고, 결국 생물학 쪽으로 진로를 정했다. 비록 굽타가 의학을 공부하지는 않았지만 아버지는 한결같이 굽타가 더 공부할 수 있도록 격려하고 후원해 주었다. 덕분에 굽타는 군투르 대학과 바나라스 힌두대학교에서 공부를 계속할 수 있었다. 졸업 후 굽타는 지역 대학에서 강사로 재직하면서 시브사가르대학(Sibsagar College) 동물학과의 학과장을 맡기도 했다.

그는 어린 시절 아버지가 늘 하셨던 "배운 지식을 다른 사람들을 위해 사

"굽타 박사는 인도의 굶주리는 사람들과
영양소 결핍으로 실명되는 어린이들을 위해
물고기가 꼭 필요하다고 느꼈다."

용해야 한다"는 말씀을 떠올리며 살았다. 어떻게 다른 사람들을 도울 수 있을까? 그런 생각을 할 때면 어린 시절 보았던 어부 아저씨의 모습이 떠오르곤 했다.

그러던 중 그는 인도 동북부에 위치한 아삼(Assam)에서 물고기에 대해 공부를 더 해야겠다는 결심을 하게 되었다. 인도의 굶주리는 사람들과 어린이들을 위해 물고기가 꼭 필요하다고 느꼈던 것이다. 굽타 박사는 굶주림에 시달리는 사람들이 가난하기 때문에 식량을 살 수 없고, 식량을 생산할 수 있는 땅을 살 수도 없다는 사실에 주목했다. 가난한 사람들은 식량을 생산할 수 있는 돈도 땅도 없었기 때문에, 그보다는 주인이 없는 바다나 강에서 생선을 잡아서 먹는 것이 생존을 위한 현실적인 대안이었다.

그는 무엇보다도 인도 어린이들의 영양소 결핍에 주목했다. 당시 인도의 어린이들은 비타민A가 결핍되어 야맹증에 걸리거나 각막 이상으로 실명되는 경우가 많았다. 특히 그가 있었던 아삼 지방에서는 어린이들의 실명이 매우 흔한 일이었다. 굽타 박사는 자신이 살았던 군투르 지역에 비해 상대적으로 부유한 아삼 지역의 어린이들 중 실명 환자가 많다는 사실을 알고 크게 놀랐다. 조사 결과, 아삼 지역은 군투르 지역에 비해 아동들의 미량 영양소 결핍이 심각했다. 아삼은 바다가 인접한 군투르 지역에 비해 생선을 섭취하는 가구가 적었던 것이다.

굽타 박사는 절대빈곤 상태에 있는 가정의 현실적인 식량 공급원이자 어린이들의 미량 영양소 결핍을 해결할 수 있는 대안으로 '물고기 양식'에 주목하였다. 그리고 이를 보다 체계적으로 연구하기 위해 캘커타대학에 진학하여 물고기 유전공학을 연구하였다.

이후 굽타 박사는 굶주린 사람들에게 물고기 양식 기술을 보급하여 세계 기아 문제 해결에 기여하겠다는 꿈을 갖게 된다. 현대사회에서 과학이 발전했음에도 불구하고 아직도 세계 인구 중 많은 사람들이 기아에 허덕이고 있다. 물론 지난 20년간 기아 인구는 꾸준히 감소되고 있지만 아직도 기아 상태에 있는 인류는 8억 명이나 된다. 안타깝게도 그중 25%는 굽타 박사와 같은 인도 사람이다. 인도 사람 4명 중 1명이 인도의 과학이 발달하고 경제가 발전했음에도 여전히 굶주림과 가난에 지쳐 있는 것이다.

굽타 박사가 더욱 심각하게 생각하는 것은 GDP로 측정할 수 없는 식량 안보였다. 일반적으로 GDP가 상승하면 경제가 발전하므로 가난이 해결되는 것으로 생각하기 쉽다. 그러나 인도는 세계에서 가장 큰 면적에서 밀, 쌀, 목화 등을 생산하는 주요 농업 생산국이자 우유, 콩, 향신료 등을 세계에서 가장 많이 생산하는 국가인데도 3억 5천만 명이 영양결핍 상태에 있다.

더욱 심각한 것은 일찍이 굽타 박사가 주목한 인도 아동들의 영양결핍이다. 인도 아동 중 43%가 영양결핍으로 발육 상태가 부진한 것으로 보고되고 있으며 세계 128개국 중 아동의 영양 상태는 120위에 불과하다. 또한 매년 310만 명의 아동이 사망하고 있는데 그중 1/3인 110만 명의 아동이 기아로 목숨을 잃고 있다.

세계 주요 농업 생산국이자 경제 개발국인 인도의 농부들은 왜 자신의 아이들의 굶주림을 해결하지 못할까? 이들은 식량을 생산하지만 식량을 살 수 있는 경제력을 가지고 있지 못하기 때문이다. 그들은 자신의 땅을 가지고 있지 않기 때문에 농작물에 대한 권리를 주장할 수 없다. 다른 사람의 땅을 빌려 농사를 지은 것으로는 충분한 식량을 마련할 수 없는 것이다. 그나마 소작농이라도 할 수 있는 사람은 다행이지만 아예 농사지을 땅을 빌리지 못하는 사람도 많다. 결국 식량은 증가하고 있지만 생산된 식량을 소유하는 사람은 소수이며 다수는 식량을 살 경제력을 가지지 못한다.

굽타 박사는 식량을 살 수 없는 가난한 사람들은 아무리 국가의 GDP가 상승하고 식량 생산량이 증가해도 굶주림에서 벗어날 수 없는 인도의 현실을 직시하였다. 그리고 그 대안으로 가난한 공동체가 직접 식량을 생산할 수 있는 방법을 찾기 시작하였다. 그리고 그중 하나의 방법으로 물고기 양식을 연구하였다.

양식 연구를 시작하다

생물학자로 성장한 굽타는 1962년 '어업(漁業)'을 연구하는 인도농업연구위원회에서 일하게 되었다. 박사학위까지 받은 굽타 박사가 어업을 연구한다는 소식을 들은 지인들과 친구들은 다들 놀랐다. 지인들은 그가 공부를 마친 후 군투르로 돌아와 대학에서 교수직을 하거나 중·고등학교에서 교사로 지낼 것이라고 예상했던 것이다.

그동안 굽타 박사의 공부를 격려하고 지원해 주었던 부모님도 그의 선택을 지지하지 않았다. 인구의 50% 이상이 채식주의자인 인도에서는 물고기가 식량 산업의 대상으로 인식되지 못했기 때문이다. 그래서 그의 부모님은 굽타 박사가 박사학위를 받은 후 열악한 환경에서 어업 연구를 하기보다는 편안한 환경과 조건에서 학생들을 가르치길 바라셨다. 부모님뿐만 아니라 굽타 박사의 동학(同學)들까지도 어업연구원으로 일하는 것을 말렸다. 어업의 중요성을 알지 못했기 때문에 굽타 박사가 일자리를 구하지 못해 어업연구원이 되었다고까지 생각했다. 그들은 굽타 박사를 연민의 시선으로 바라보았다.

그러나 굽타 박사는 그런 부정적 시선에 신경 쓰지 않았다. 명예를 얻기 위해 박사학위를 받은 것이 아니었기 때문이다. 오히려 물고기 생산량을 늘려 배고픈 사람이 없는 세상을 만들어야겠다는 꿈을 향해 본격적으로 집중할 수 있어 행복했다.

굽타 박사를 어업연구원으로 채용한 판투루(Dr. Pantulu) 박사는 굽타 박사를 처음 인터뷰했던 순간을 기억하고 있었다. "양식에 대한 관심이 매우 깊고 진지해서 굽타 박사의 진심을 느낄 수 있었습니다. 그 진정성에 큰 감명을 받아서 연구원으로 선발했고 이후에도 계속 굽타 박사와 일하고 싶었습니다."

판투루 박사가 느낀 감명은 이후 확신으로 바뀌었다. 굽타 박사는 명석

한 두뇌와 풍부한 지식으로 양식 연구를 훌륭히 수행했을 뿐 아니라 성실하게 노력했기 때문이다. 판투루 박사는 "굽타 박사에게 어떤 연구를 맡겨도 성공할 수 있을 것이라는 확신을 갖게 되었습니다. 유능하면서 근면하지 않은 과학자는 많지만 굽타 박사는 가장 유능하면서도 누구보다도 성실했기 때문입니다. 그는 인도에서 가장 촉망받는 과학자 중 하나였습니다."라고 회상하였다.

연구를 시작한 1960년대만 해도 '양식'이라는 것에 대한 개념 자체가 없었기 때문에 그는 자연 상태의 물고기를 낚시와 그물 등으로 잡는 전통 어업 방식부터 연구하기 시작했다. 그러나 전통 어업 방식으로는 증가하는 물고기 수요를 해결할 수 없었다. 물고기에 대한 수요는 점점 증가하고 있는데 어획량은 변화가 없어 물고기 수확량 향상을 위한 여러 양식 연구들이 진행되었다.

굽타 박사 또한 낚시에서 양식으로 연구 분야를 옮기면서 본격적으로 양식을 통한 물고기 증산방법을 연구했다. 그 결과 굽타 박사의 동료인 스와미나탄(M. S. Swaminathan) 교수는 실험 농장에서 연간 1헥타르당 3톤의 물고기를 생산할 수 있는 양식 기술을 개발하였다. 당시 1헥타르당 700~800kg에 불과하던 물고기 생산량을 4배 정도 증가시킬 수 있는 기술을 개발한 것이다. 스와미나탄 교수는 획기적인 양식 기술을 개발한 공로로 세계식량상의 첫 번째 수상자가 되었다.

그러나 연구실과 농장의 괴리는 컸다. 새로운 양식 기술이 개발되었지만 실험 농장에서 이루어낸 성과였기 때문에 실제 농가에 적용되기는 어려웠다. 양식 기술이 실험실의 이상적인 조건 하에서 여러 경제적 지원을 받으며 이루어졌기 때문에 농부들은 열악한 농장의 환경 속에서 이 양식 기술이 성공

"모두가 주저하는 상황 속에서
굽타 박사는 실험실에서 양식 기술을 연구하는 것만으로는
인도의 현실을 변화시킬 수 없다고 생각했다.
평소 아버지가 입버릇처럼 말씀하시던 것처럼 기술과 지식은 다른 사람을 위하여
사용될 때에 비로소 의미가 있다고 보았던 것이다."

적으로 적용되지 않을 거라고 여겼다. 성공을 보장할 수 없는 상황에서 양식 기술을 도입하기 위한 경제적인 투자를 한다는 것은 모험이었다. 연구원들 또한 비관적이었다. 농장의 열악한 환경에 맞는 양식 기술을 개발하는 것은 힘들다고 생각했다. 농장의 상황에 맞는 양식 기술을 개발하려면 실질적으로 농장에서 농부들과 함께 생활하며 현장의 모든 조건들을 고려해야 했기 때문이다. 실험실에서 편안하게 연구를 하던 연구원들이 농장에 가서 농부처럼 산다는 것은 무모하고도 위험한 일이었다. 기술을 현지화하기 위해서는 많은 시간과 노력이 필요한데 그 결과 또한 예측할 수 없었기 때문이다.

모두가 주저하는 상황 속에서 굽타 박사의 생각은 달랐다. 실험실에서 양식 기술을 연구하는 것만으로는 인도의 현실을 변화시킬 수 없다고 생각했다. 평소 아버지가 말씀하시던 것처럼 기술과 지식은 다른 사람을 위하여 사용될 때에 비로소 의미가 있다고 보았던 것이다. 그는 연구원이라는 명예나 편안하고 안정적인 생활을 위해 물고기 양식 기술을 연구한 것이 아니었다. 그의 생각은 확고하였다. 인도가 더 이상 기아에 허덕이지 않고, 아이들이 영양소 결핍으로 고통 받지 않기 위해서는 가난한 농부들이 양식을 통해 식량을 확보할 수 있도록 도와야 했다.

인도농업연구위원회는 이런 굽타 박사의 소신을 환영하면서 양식 기술을 열악한 농장 환경에 적합하게 개발·적용하는 임무를 주었다. 굽타 박사는 떨리는 마음으로 농장으로 향했다. 그때까지 굽타 박사는 농사를 지어본 적도 없었고 농장에서 양식을 실제로 해본 경험도 전혀 없었다. 그러나 새로운 양식 기술을 농가에 직접 적용해서 물고기 생산량을 늘려야 한다는 사명감을 가슴 가득 안고 있었기에 농업 공동체와 개발기관 현장을 찾아가는 발

걸음에는 힘찬 도전과 열정이 넘쳐흘렀다.

굽타 박사가 현지에 가서 제일 먼저 한 일은 농부들이 가지고 있는 천연 자원과 인력 상황 등을 살펴보고 그들이 가지고 있는 잠재력과 가능성을 파악하는 것이었다. 동시에 그는 농부들이 가지고 있는 제한점도 알아봐야 했다. 그런 후에 연구소에서 개발된 기술들을 농장에서 직접 적용해보면서 기술을 현지화하기 시작했다. 결과는 기대 이상이었다. 실험실에서 헥타르당 3톤의 물고기를 생산했던 양식 방법이, 농장에 도입한 첫 해에 헥타르당 5~6톤의 수확을 올렸던 것이다. 굽타를 믿고 따랐던 가난한 농민들은 기쁨과 희망에 들뜨기 시작했다.

사실 양식 기술을 도입한 첫 해에 이렇게 놀라운 성과를 거두리라고는 아무도 기대하지 않았다. 새로운 양식 기술이 실험실에서 획기적인 결과를 보였지만 아무도 이를 농장에 도입하려고 하지 않았을 만큼 당시 양식 기술에 대한 농가의 불신이 깊었고, 기술을 개발한 연구위원회조차 농장 도입 결과에 큰 기대가 없었기 때문이다.

그러나 굽타 박사의 생각은 달랐다. 농장 도입 첫 해에 긍정적인 결과가 나타나지 않으면 양식 기술에 대한 농촌 공동체의 불신은 더 깊어져 향후 양식 기술을 농장에 적용하는 것이 불가능할 것이라고 보았던 굽타 박사는 누구보다 헌신적으로 농장에서 생활하면서 물고기 양식에 몰두하였다. 당시 굽타 박사는 농장에 파견된 연구원이 아니라 직접 양식을 하는 농부처럼 보였다.

굽타 박사는 "농부들과 인간적인 관계를 형성하는 것이 중요했기 때문에 나는 농장에 가서 농부들과 함께 생활하면서 그들의 집에서 지냈습니다. 농

"굽타 박사의 성과는
인도 양식이 발전하는 새로운
기원이 되었다. 1970년대 어류 생산량은
7만 5천 톤이었으나 2014년에는
연간 2백만 톤 이상의 어류를
생산하게 되었다."

"굽타 박사와 결혼한 것을 후회한 적이 없었냐구요?
후회한 적은 없었어요. 하지만 힘들고 어려운 순간은 많았죠."

부들이 나를 믿어야만 양식에 성공할 수 있기 때문입니다."라며 연구 초기의 마음가짐을 전했다.

농부들은 그런 굽타 박사의 모습에 깊은 감동을 받았다. 다른 연구원들과 달리 굽타 박사는 밤이 되어도 집에 돌아가지 않고 농장에서 같이 자면서 양식장의 물고기들이 밤에 어떻게 움직이는지를 살폈던 것이다. 박사님이라는 분이 남루한 곳에서 자신들과 같이 먹고 자면서 양식을 하는 모습에 감동한 농부들은 더 열심히 양식을 하였고, 그 결과 놀라운 일이 벌어졌다. 농장에서 생산한 물고기량이 연못 양식장에서 생산한 물고기량보다 7배나 많은 수확량을 기록한 것이다. 농부들은 입을 모아 "이것은 혁명"이라고 찬사를 보내며, 굽타 박사의 노고에 진심 어린 존경과 감사를 보냈다.

굽타 박사는 당시의 기쁨을 이렇게 회상하였다.

"그것은 큰 도약이었습니다. 당시 사람들은 그것을 '아쿠아 폭발'이라고 불렀습니다. 지금은 사람들이 이를 '청색혁명'이라고 부릅니다."

굽타 박사의 성과는 인도 양식이 발전하는 새로운 기원이 되었다. 1970년대 인도의 어류 생산량은 7만 5천 톤이었으나 2014년에는 연간 2백만 톤 이상이 되었다.

양식 기술의 혁명 덕이었다. 이렇게 굽타 박사가 연구에 헌신할 수 있었던 것은 그의 아내와 가족이 그의 연구를 열렬히 응원해 준 덕분이었다. 연구 초기 굽타 박사의 급여는 매우 적어 생활이 곤란할 정도였고, 농장에서

---

* **청색혁명이란** 양식업의 획기적인 기술 혁신으로 어류 생산량이 폭발적으로 증가된 것을 뜻하는 용어로, 농업 분야의 기술 혁신을 통해 곡물 생산을 경이적으로 증가시키는 것을 의미하는 녹색혁명과 비교하여 사용되고 있다.

생활하면서 가정을 돌볼 시간적 여유 또한 부족했다. 그러나 아내는 이러한 상황에 대해 한 번도 불평한 적이 없었을 뿐 아니라 굽타 박사의 연구가 잘 될 수 있도록 격려해 주었다. 그의 아내는 엄격한 채식주의자로 생선을 먹지 않았지만 굽타 박사가 가난한 사람들을 돕기 위해 물고기 양식을 하는 것을 이해해 주었던 것이다.

그러나 굽타 박사를 따라 인도 전역을 다니며 사는 것은 힘든 일이었다. 생활은 불안정했고 굽타 박사는 집에 머무는 시간이 짧았다. 굽타 박사에게는 아들이 두 명 있었는데 어린 시절 자신들과 함께 놀아주지 않는 아빠에 대해 불만이 많았다.

굽타 박사의 연구가 발전하여 외국으로 가게 되자 어려움은 더욱 커졌다. 굽타 박사는 외국에서도 그곳의 농부들과 함께 생활하면서 양식 연구를 해야 했기 때문에 거의 집에 있지 않았다. 결국 그의 아내는 그 나라의 언어부터 공부하면서 최대한 현지에 적응하려고 노력했다. "남편과 결혼한 것을 후회한 적이 없었냐구요? 후회한 적은 없었어요. 하지만 힘들고 어려운 순간은 많았죠. 세상에서 가장 가난한 사람들이 사는 곳에서 어울려 산다는 게 말처럼 아름답지만은 않았습니다. 때론 벗어나고도 싶었지요. 그러나 남편의 노력으로 그들의 삶에 희망의 기운이 퍼지는 걸 보며 저 또한 인생의 보람을 느끼게 되었습니다." 맑게 웃는 아내의 미소에는 많은 사연이 숨어 있는 듯했다.

가장 어려운 일은 아들들과 헤어지게 된 일이다. "가장 어려웠던 시기는 아이들이 집중적으로 공부할 시기였어요. 당시 우리가 살고 있던 지역은 교육 여건이 매우 좋지 않아 깊은 고민 끝에 아들들이 정상적인 교육을 받을 수 있는 기숙학교로 보내기로 결정했어요." 사랑하는 아이들을 떠나보내는 건 쉽지 않은 결정이었다.

특히 그간 아이들을 보살피는 엄마로 살아왔는데 더 이상 아이들을 위해 해줄 수 있는 일이 없다는 것을 받아들이기 어려웠다. 아직은 엄마의 손길이 필요한 아이들이었기 때문에 걱정도 많이 되었다. 그러나 열악한 환경에서 밤낮없이 고생하는 남편의 건강을 챙기기 위해 남기로 했다.

자녀들이 기숙학교로 가는 날, 굽타 박사의 아내는 자녀들에게 아버지의 꿈에 대해 설명해 주었다. 인도의 굶주린 사람들을 위해 아버지가 얼마나 헌신적으로 노력하고 있는지 얘기해 주며 아이들 또한 어려운 사람들을 위해 열심히 공부해야 한다고 당부하였다. 그녀는 자녀들에게 "우리 가정은 가난한 사람들을 도와야 하는 사명이 있단다."라고 말하곤 하였다. 이타적인 삶을 살아가고 있는 부모를 보며 아이들은 가족과 떨어져 생활하면서도 심지곧게 자랄 수 있었다.

라오스에 전한 청색혁명

인도에서 굽타 박사의 연구가 성공을 거두자 '유엔 아시아 태평양 경제사회위원회(United Nations Economic and Social Commission for Asia-Pacific: 이하 UN-ESCAP)'는 그의 연구가 동남아시아로 확대되길 원했다. 굽타 박사가 인도농업연구위원회의 어업연구원으로 일할 때 면접관으로 있었던 판투루 박사가 굽타 박사를 라오스 프로젝트의 연구자로 긴급 요청하였다.

당시 판투루 박사는 굽타 박사와 인도에서 연구를 진행하다가 UN-ESCAP 소속으로 자리를 옮겨 라오스에서 메콩 강 관련 프로젝트를 진행하고 있었다. 라오스는 메콩 강의 발원지인 중국에서 댐이 건설된 후 주변 환경이 변화되고 있었으며 가난한 사람들이 받은 타격은 생각보다 컸다. 강에서 물고기를 잡기가 힘들어져 가난한 사람들이 생계를 유지할 수 없게 된 것이다. 이위기를 돌파해야 했던 판투루 박사는 굽타 박사를 떠올렸다. 여러 가지 해결책이 연구되었지만 현실적으로 적용할 수 있는 방안을 찾지 못하던 상황이었다.

판투루 박사는 굽타 박사에게 라오스로 와서 같이 문제를 해결할 수 있는 방안을 연구하자고 제안하였다. "굽타 박사는 그 누구보다 열심히 하는 사람입니다. 인도에 있을 때부터 성공할 때까지 밤낮없이 열심히 하는 모습이 인상적이어서 믿을 수 있었습니다."라고 말하며 "굽타 박사는 연구를 위한 연구가 아니라, 사람을 위한 연구를 하는 연구자였기 때문에 우리가 봉착한 문제를 해결해 줄 수 있을 거라고 기대했습니다."라고 회상했다.

굽타 박사는 UN 소속이 되어 1977년 인도를 떠나 라오스로 향했다. 라오스는 오랜 기간 프랑스의 식민지로 있었으나 2차 대전이 종식된 이후 혼란을 거듭하다가 1954년 독립하였다. 독립 이후 내전이 심화되어 30년 동안 지속되다가 1975년 공산정권이 수립, 라오스 인민민주공화국이 수립되었다. 굽타 박사가 라오스에 도착한 1977년은 내전은 종식되었지만 사회는 여전히 혼란스럽고 경제는 열악했으며 국지적인 분쟁이 계속되고 있는 매우 위험한 상황이었다. 만약의 경우 목숨이 위험할 수도 있었지만 굽타 박사는 주저하지 않았다.

굽타 박사는 중국 청다오에서 발원하여 미얀마, 태국, 라오스, 캄보디아, 베트남을 관통하는 메콩 강 프로젝트에 투입되었다. 메콩 강은 여섯 개 나라를 흐르는 인도차이나 반도의 젖줄이지만 발원지인 중국에서 수자원 개발로 댐을 건설하면서 외교적인 마찰이 일어나고 있었다. 메콩 강의 유량과 흐름이 변화되고 수질이 악화되면서 생물 다양성이 파괴되었기 때문이다.

당시 라오스는 메콩 강 반대편에 있는 태국과 오랜 분쟁을 겪고 있는 상황이었다. UN은 이런 상황을 타개하기 위해 라오스에 댐을 건설해 전력을 생산하고 그 전력을 태국에 판매하는 방안을 연구하고 있었다. 그렇게 된다면 오랜 분쟁도 끝낼 수 있고 상록수림 지역으로 미개발 상태였던 라오스 북동부 지역을 개발할 수 있었기 때문이었다. 태국과 라오스는 UN의 이런 제안을 수용해 두 국가 간의 오랜 분쟁을 끝낼 수 있었다.

UN은 대립을 줄이기 위해 라오스의 메콩 강을 개발하는 프로젝트를 적극적으로 추진했다. 메콩 강 프로젝트의 가장 핵심적인 변수는 메콩 강의 환경 변화였다. 댐이 건설되면서 강의 환경이 호수와 같은 상태로 변화되었고, 그에 따라 생태계 또한 변화되었다. 댐 건설 이후 호수가 된 메콩 강을 물고기로 채우는 방안이 요청되었던 것이다. 굽타 박사는 변화된 메콩 강 환경에 맞추어 농민들이 양식을 할 수 있도록 해야 했다. 굽타 박사는 연구소에서 연구만하는 과학자가 아니라 열악한 현장에 직접 뛰어 들어 성실하게 연구를 진행하는 과학자로 알려졌기 때문에 메콩 강 프로젝트에 적합한 연구자로 초빙되었다.

굽타 박사는 라오스에 도착하자마자 메콩 강에서 어업을 하며 살고 있는 농부들을 만났다. 그러나 당시 라오스에는 영어를 할 줄 아는 사람이 거의 없었다. 라오스는 오랜 세월 프랑스 식민지로 있었기 때문에 프랑스어를 공용어로 사용하고 있었고 그나마 영어를 아는 지식인들은 공산정권이 들어서기 전에 대부분 축출되었기 때문에 굽타 박사는 언어의 거대한 난관에 부딪혔다.

이러한 보고를 들은 UN-ESCAP 본부는 굽타 박사에게 라오스에 도착한 몇 개월 동안은 연구를 하지 않고 프랑스어를 공부해도 좋다고 조언하였다. 그러나 굽타 박사는 한가하게 프랑스어를 배우고 있을 수가 없었다. 그가 도착했을 당시 라오스는 막 봄이 시작되고 있어서 이 시기를 놓치면 1년 뒤에나 양식을 연구할 수 있었기 때문에 마음이 급했다.

결국 UN-ESCAP는 영어를 사용할 수 있는 대학원생 한 명을 통역자로 파견해 주었다. 그러나 며칠 동안 통역자를 데리고 일을 해본 결과, 실제 라오스 국민들은 프랑스어도 영어도 능숙하게 하지 못한다는 것을 알게 되었다. 결국 그는 독학으로 라오어를 배우기 시작했다. 현지에 적합한 양식 어종을 연구하기 위해서는 무엇보다 농부들과의 긴밀한 의사소통이 관건이라는 것을 인도 현지의 경험으로 체득한 바가 있기 때문이다. 결국 굽타 박사는 라오어를 배우고 굽타 박사의 아내는 프랑스어를 배우면서 부부는 함께 라오스에 적응해갔다.

"내전 이후 라오스는 치안이 안정적이지 않은 상황이었기 때문에
보트를 타고 메콩 강을 건너 태국으로 가는 일은 매우 위험한 일이었다.
연구와 생존을 위해 굽타 박사는 생명의 위험을 감수해야 했다."

또 다른 문제는 내전 직후 라오스의 생활 여건이 열악하여 생필품을 구할 수 없는 것이었다. 기본적인 생필품은 물론 연구를 위해 필요한 물품들도 구입할 수 없었다. 필요한 물품을 구하기 위해서는 태국 방콕까지 가야 했는데, 때때로 태국 국경이 폐쇄되면 연구는 물론 생활도 힘든 상황에 처하곤 했다. 국경이 열리면 굽타 박사는 비행기를 타고 태국으로 가서 필요한 물품을 구해왔다. 그러나 태국은 라오스의 불안정한 상황 때문에 비행을 금지하기도 했다. 그럴 때면 보트를 타고 메콩 강을 건너 태국으로 가야 했다. 내전 이후 라오스는 치안이 안정적이지 않은 상황이었기 때문에 보트를 타고 메콩 강을 건너는 일은 매우 위험한 일이었다. 연구와 생존을 위해 굽타 박사는 생명의 위험까지 감수했던 것이다.

더욱 심각한 것은 야간 통행금지였다. 아직 라오스 곳곳에 반란군이 있을 때라 오후 5시 이후에는 통행이 금지되던 시절이었다. UN은 모든 전문가들에게 안전을 보장할 수 없으니 야간 통행금지 시간에는 외출하지 말라고 거듭 공지하였다. 그러나 아열대 기후인 라오스는 낮에 수온이 30℃ 이상으로 올라가 물고기가 산란할 수 없었다. 물고기 산란에 적합한 온도는 26~29℃, 일몰 후에야 양식 연구가 가능하다는 얘기였다. 게다가 양식업을 하는 대부분의 농장은 도시 외곽의 외딴 곳에 있었다. 양식을 할 때 제일 중요한 산란을 보기 위해서는 깊은 밤 도시 외곽의 농장을 가야만 하는데 UN 규정을 따르자면 외출이 금지되어 양식 연구 자체를 할 수 없었다.

굽타 박사는 UN 규정을 지킬 수 없었다. 그는 동이 트자마자 농장으로 가서 일을 했고, 저녁에 잠시 숙소로 돌아왔다가 밤이 되면 다시 농장으로 가서 물고기 먹이를 주었다. 상황을 알리기 위해 군부에는 걱정하지 말라는 편지와 함께 사진을 보냈다.

생명의 위협을 무릅쓰고 양식 연구에 전념했던 것은 전쟁으로 기아 상태에 있던 라오스 국민들을 구해주고 싶다는 간절한 마음 때문이었다. 명예나 돈을 바랐다면 할 수 없는 일이었다. 굶주린 사람들을 위해 자신이 할 수 있는 최선을 다해야겠다는 마음뿐이었다. 사람이라면 누구나 생명을 유지할 수 있도록 먹을 것을 제공받아 마땅하다는 하나의 신념이자 바람. 굽타 박사는 식량평화에 대한 열정을 '선교사적인 열정'이라고 표현했다. "선교사적인 열정이 저를 이끌었습니다. 그 일은 저와 제 가정의 안전까지 위협했지만 제 열정은 변하지 않았습니다." 그는 뜨거운 열정으로 라오스 국민들의 식량 안보를 위해 통행금지를 어기며 연구에 매진하였다.

그러던 어느 날 방콕에서 상사가 찾아왔다. 라오스 정부에서 굽타 박사의 야간 외출에 대해 경고해왔기 때문이다. 라오스로 온 뒤 굽타 박사가 거의 집에 있지 않았기 때문에 그의 부인과 아이들 모두 힘든 상황이었다. UN-ESCAP 본부에서 굽타 박사의 상황을 살피기 위해 라오스까지 상사를 파견한 것이었다.

"굽타 박사, 왜 그렇게 무모하게 연구를 합니까?"

"라오스 양식을 연구하는 것이 제가 해야 할 업무이기 때문입니다."

상사는 말없이 그의 눈을 응시했다. 검게 그을린 굽타 박사의 얼굴은 양식 기술을 개발하여 라오스 농부들에게 전해주어야 한다는 결연한 의지로 빛나고 있었다. 그런 굽타 박사의 얼굴을 본 상사는 뭉클한 감동을 느꼈다. UN-ESCAP에는 많은 연구자들이 있지만 대부분 실험실이나 안정적인 조건이 갖추어진 큰 농장에서 일하기를 선호했다. 목숨을 걸고 연구를 수행할 정도의 열정은 찾아보기 힘들었다.

"굽타 박사, 같이 저녁식사나 하면서 이 문제에 대해 이야기해봅시다."

저녁식사를 하기 위해 상사와 함께 차를 타고 가는 동안 굽타 박사는 불안하기만 했다. 상사가 그의 상황을 이해해주지 않는다면 야간 외출은 금지될 것이고, 라오스 양식 연구는 현실적으로 불가능해지기 때문이었다. 식사를 하면서도 온통 연구가 중단될 수도 있겠다는 걱정뿐이었다.

"무엇이 가장 큰 문제입니까?"

"당신의 안전입니다. UN-ESCAP는 라오스의 치안이 불안하기 때문에 야간 외출을 금하고 있습니다. 그런데 굽타 박사님은 계속 야간에 외출하기 때문에 우리는 당신의 안전을 보장할 수 없어서 걱정입니다. 우리의 불만과 요구 사항은 그것이 전부입니다."

굽타 박사는 진땀을 흘려가며 라오스의 수온과 연구 조건에 대해 설명하였다. 왜 위험을 무릅쓰면서 야간 외출을 할 수밖에 없는지 설명하는 그의 목소리는 열정으로 가득했다. 야간 외출은 선택이 아니라 연구를 위한 필수임을 강조한 것이다.

굽타 박사의 이야기를 들은 상사의 표정은 한결 부드러워졌다. 굽타 박사는 자신의 안전을 돌보지 않고 라오스 현지에 적합한 양식을 개발하려는 열정으로 헌신하고 있었다. 그의 열정에 감동받은 상사는 결국 웃으며 이렇게 말했다.

"굽타 박사님, 저는 모든 결정을 당신에게 맡기겠습니다. 당신이 위험을 감수하겠다면 최대한 저는 당신이 위험하지 않도록 돕겠습니다. 그러나 분명한 것은 당신이 위험을 감수하지 않는 범위에서 연구를 진행한다고 하더라

"교육 수준이 낮던 라오스 농부들이
새로운 기술을 받아들이는 데는 적지 않은 노력과 시간이 필요했다.
굽타 박사는 먼저 농부들과 함께 농장에서 생활하면서 우정을 쌓았다.
이런 헌신적인 눈높이 교육은 양식 기술이 농장에서
성공적으로 정착하는 데 큰 도움을 주었다."

도, 설령 당신이 원하는 성과를 내지 못한다고 하더라도, 아무도 당신을 탓할 사람은 없다는 것입니다. 당신은 이미 본인의 최대 역량을 발휘하고 있기 때문입니다."

굽타 박사는 한 치의 망설임도 없이 위험을 감수한 연구를 지속했다. 단, 3개월 후에도 양식 연구에 성공하지 못하면 모든 것을 정리하기로 하였다. 상사는 이러한 결정에 만족하며 이후 3개월 동안 적극적으로 굽타 박사의 연구를 지원해 주었다.

결과는 대성공이었다. 수산연구센터에서 양식 연구가 성공하자 굽타 박사는 즉시 현지 농부들에게 양식 기술을 교육했다. 교육 수준이 낮은 라오스 농부들이 새로운 기술을 받아들이는 데는 적지 않은 노력과 시간이 필요했다. 굽타 박사는 먼저 농부들과 함께 농장에서 생활하면서 우정을 쌓았다. 가족과 같은 관계를 맺으면서 농부들을 이해하려고 노력하였다. 자신이 농부들을 이해해야 농부들도 자신을 이해할 것이라고 생각했던 것이다. 서로 신뢰를 쌓은 후 농부들의 눈높이에서 농부들의 언어로 양식을 설명하였다. 이런 헌신적인 눈높이 교육은 양식 기술이 농장에서 성공적으로 정착하는 데 큰 도움을 주었다.

굽타 박사에게 처음 교육받은 라오스의 농부들과 연구원들이 성공적인 수확을 하게 되자 양식을 배우고자 하는 농부들이 기하급수적으로 늘어났다. 라오스 정부는 수산양식훈련학교와 수산연구센터 등을 설립하였으며, 양식된 물고기를 관리하는 등 수많은 관련 프로젝트들이 시작되었다. 굽타 박사가 오기 전까지 라오스의 양식은 베트남과 중국에서 어린 치어를 수입해 키우는 방식으로 진행되고 있었다. 그러나 이제는 자체적으로 물고기를 알에서 부화시켜 키우는 양식 기술을 가지게 된 것이다.

농장에서도 양식을 통해 기존 생산량의 5~6배 물고기를 생산할 수 있게 되자 라오스 정부는 생산성이 더 높은 인도의 어종을 도입해달라고 요청하였다. 굽타 박사는 이러한 요청을 흔쾌히 수락하였다. 이미 더운 환경에서 양식에 성공했던 인도 어종을 라오스에 가져올 구상을 하고 있었기 때문이다. 굽타 박사는 1977년 인도 어종을 라오스로 가져와 양식에 성공했고, 메콩강을 중심으로 태국과 베트남에서도 양식장을 운영하며 양식을 소개하였다. 생산량이 놀라울 정도로 늘어났으며 라오스 양식에 대변환이 일어났다. 이런 공적을 기려 아직까지도 라오스에서는 당시 굽타 박사가 양식으로 보급한 물고기를 '굽타 물고기'라고 부르고 있다.

후에 라오스 장관은 "굽타 박사님, 감사합니다. 당신이 1977년에 가져온 물고기가 현재 우리나라 어류 생산의 30~40%를 차지하고 있습니다."라며 굽타 박사의 노력에 대해 감사의 인사를 전했다.

방글라데시의 도전

라오스에서 양식에 성공한 뒤 굽타 박사는 태국으로 갔다. 태국은 토지가 비옥하지 않은 나라였지만 라오스보다 훨씬 안정적인 환경을 가지고 있었다. 굽타 박사는 태국에서 실험연구소를 개소하고 양식을 벼농사와 접목하거나 가금류 등을 키우는 양계시설과 접목시키는 통합농법을 개발·소개하였다. 이후 굽타 박사의 연구는 베트남에서도 환영받았으며, 동남아시아 현지에 잘 정착되어 갔다.

연이은 성공과 환호에도 불구하고 굽타 박사는 새로운 도전을 해야겠다는 생각을 하게 되었다. 연구자로서 갈증을 느꼈기 때문이다. 라오스, 태국, 베트남 등을 다니면서 현지 농업 방식 맞춤형 양식 기술을 연구해왔지만, 과학적으로는 동일한 연구 방식을 현지에 적용하는 것이었기 때문에 정체된 느낌이 들었던 것이다. 생활 여건은 안정되었고 연구 업적에 대한 평가도 좋았지만 새로운 연구에 대한 갈증은 사라지지 않았다.

이런 굽타 박사의 마음을 알기라도 한 것처럼 1981년 유엔 식량농업기구(Food and Agricultural Organization: FAO)로부터 편지 한 통을 받았다. "당신을 방글라데시 프로젝트를 이끌 책임자로 선정했습니다. 개발을 원하는 정부를 보조하기 위해 우리는 당신이 방글라데시로 가길 원하고 있습니다."라는 내용이었다. 세계적인 양식 연구 기관인 월드피시센터(World Fish Center) 수석연구원으로 방글라데시 양식 프로젝트를 지휘해달라는 요청을 받은 것이다.

방글라데시! 굽타 박사는 흥분을 감출 수 없었다. 방글라데시는 전 세계에서 손에 꼽히는 최극빈국이면서도 물이 많은 나라이기 때문에 양식 기술이 잘만 정착되면 굶주린 사람들을 크게 도울 수 있을 거라는 확신이 들었다.

"굽타 박사는 세계적인 양식연구기관인
월드피시센타(World Fish Center) 수석연구원으로 방글라데시
양식 프로젝트를 지휘해달라는 요청을 받았다."

방글라데시는 지리적으로 서쪽 히말라야에서 시작한 갠지스 강이 흘러오다 북쪽에서 흐르는 브라마푸트라 강과 만난다. 두 강이 만나는 하류 부근에서는 메그나 강이 합류하여 바다로 흘러가므로, 세 강이 만나 삼각주를 이루어 토지는 비옥해 농업에 알맞았지만 몬순기후의 영향으로 홍수가 많이 일어나 강이 범람하여 물에 잠겨 있는 토지가 많았다. 저지대가 많아 농업보다는 양식을 할 수 있는 지형이 많았다.

그러나 1980년대 초 방글라데시는 정치적으로 불안정하고 경제적으로 매우 열악한 상황이었다. 주민 대다수가 이슬람교를 믿어 인도에서 파키스탄으로 분리되었다가 많은 내전과 혼란을 거듭한 끝에 1971년 방글라데시로 분립되었지만 동남쪽에 위치한 치타공 산악지대에서 농사를 짓고 살던 원주민인 줌마 족과 벵갈 족의 갈등이 계속되었다.

경제적으로는 인구 중 75%에 달하는 1억 3천여 명의 인구가 하루 2달러 이하의 돈으로 살 정도로 가난한 생활을 하고 있었고, 위생 상태는 말로 표현하기 어려울 정도로 열악했다. 지금도 방글라데시 수도 다카에는 성인 2~3명만이 누울 수 있는 천막에서 사는 빈민들이 많을 정도다.

그러나 방글라데시의 이런 열악한 현실은 오히려 굽타 박사의 결심을 굳게 만들었다. 국민 대부분이 기아에 시달리고 있었기 때문에 양식을 통해 굶주림을 해결해야 한다는 생각이 더욱 강해졌다. 굽타 박사는 적극적으로 정

---

* **월드피시센터는** 어업과 양식 기술 개발 및 보급을 통해 세계 기아와 빈곤을 해소하고자 활동하는 국제적인 단체이다. 특히 양식 기술 연구뿐만 아니라 기후 변화로 인한 식량 위기, 영양 균형을 통한 건강, 여성 일자리 창출을 통한 양성평등, 지속가능한 개발을 위한 해양 복원 등에 대해 연구하고 있다. 1975년 설립된 이후 세계적으로 7개국에 연구소를 운영하고 있으며 160여 개의 연구 및 개발 프로젝트를 진행하고 있다.

부를 도와 방글라데시의 빈민들이 기아 상태에서 벗어나는 것은 물론 경제적으로 자립할 수 있도록 지원해야겠다고 결심했다.

굽타 박사는 자신이 이룬 안정적인 환경을 떠나 새로운 도전을 위해 방글라데시로 떠났다. 양식의 불모지와 다름없던 방글라데시의 열악한 상황이 오히려 굽타 박사의 연구 의지를 추동했다. 굽타 박사는 방글라데시에 도착하자마자 농부들을 만나러 다카를 떠나 농촌으로 갔다.

다카에서 120km 정도 북쪽에 위치한 미멘싱에 도착했을 때 굽타 박사는 농촌의 풍경을 주의 깊게 관찰하였다. 그중에서도 농가 뒤뜰에 있는 연못이 그의 눈길을 끌었다. 몬순기후의 영향으로 일 년의 절반 정도 토지가 물에 잠기기 때문에, 농촌의 주민들은 홍수가 났을 때 침수되지 않도록 높은 지대에 집을 지었으며 뒤뜰에 있는 흙을 굴착하여 제방을 쌓았다. 폭우가 한 번 지나가고 나면 방글라데시 전국 농가에 수천 수백만 개의 웅덩이와 도랑이 자연스럽게 생겼다.

즉, 방글라데시는 일 년 중 절반인 6개월 동안 국토의 2/3가 물에 잠겨 있는 상태로, 모든 농가는 각기 다른 형태의 작은 웅덩이를 가지고 있었던 것이다. 굽타 박사는 물고기가 살지 않았던 이 웅덩이들을 주목했다. 방글라데시 농촌 사람들은 이렇게 고여 있는 웅덩이의 물을 세탁과 목욕 등의 용도로 사용하고 있었으며 심지어 어떤 농가는 이 물을 식수로도 사용하고 있었다. 그러나 그 웅덩이 물에는 부레옥잠을 비롯한 다양한 잡초들이 살고 있었고 모기 등 해충의 번식 장소로 건강을 해치는 진원지가 되기도 하였다.

고민의 시작은 이 웅덩이에서부터 시작되었다. 굽타 박사는 이 웅덩이를 어떻게 양식에 활용할 것인지 연구하기 시작했다. 그러나 다른 과학자들은

"수개월 거듭된 연구를 통해 드디어 양식에 적합한 어종을 발견했다.
농가 연못에서 3개월 내에 90cm 정도로 성장하는
틸라피아와 실버바브 어종을 발견한 것이다."

굽타 박사의 생각에 회의적인 반응을 보였다. 무엇보다 가정용 용수로 사용되는 연못이었기 때문에 깊이가 양식에 적합하지 않았던 것이다.

"직접 연못을 보셔서 아시겠지만 대부분의 농가 연못은 깊이가 2피트(60cm) 정도에 불과하기 때문에 물고기를 키울 수 있는 여건이 안 됩니다. 양식을 하려면 농부들이 연못을 더 깊게 파야 하지만 양식이 무엇인지 알지 못하는 농부들은 그런 노력을 하지 않을 겁니다."

과학자들의 말은 근거 없는 말이 아니었다. 이미 그들은 농가 연못에서 잉어를 키우기 위한 양식 연구를 하였지만 수심이 얕아 실패했던 것이다. 잉어 양식을 위해서는 더 깊은 웅덩이가 필요했다.

"얕은 수심에서도 키울 수 있는 어종을 찾아봅시다."

"연못의 수심이 낮기 때문에 수온이 높은 것도 문제입니다. 알이 부화해서 치어로 성장하기까지 적어도 6개월 정도 안정적인 수온이 유지되어야 하지만 방글라데시는 기본적으로 고온다습한데다 몬순기후 기간이 너무 깁니다. 낮은 수심과 높은 수온에서 키울 수 있는 어종을 찾는 것은 불가능합니다. 그래서 포기할 수밖에 없었습니다."

이렇게 방글라데시에서 먼저 양식 연구를 했던 과학자들이 만류를 했지만 굽타 박사는 의지를 굽히지 않았다. 그는 이미 인도와 라오스 등 더운 나라에서 성공한 양식 어종을 알고 있었기 때문이었다.

"잉어는 방글라데시 농가의 얕은 연못 환경에서는 양식을 할 수 있는 어종이 아닙니다. 그러나 잉어가 아닌 다른 어종은 가능할 수 있습니다. 포기하지 말고 얕은 수심과 탁한 수질, 높은 수온에서도 성장할 수 있는 물고기의 종류를 찾아봅시다. 여러분은 고작 3가지 종류의 물고기 양식을 시도했을

"방글라데시 농가에 적합한 양식을 연구한 결과
소규모로 할 수 있는 양식 기술을 개발하여 농부들은 3~5개월 만에
헥타르당 1.5~2.5톤의 물고기를 수확할 수 있게 되었다.
농부들은 더 나은 삶에 대한 새로운 희망으로 들뜨기 시작했다."

뿐입니다. 그러나 양식에 적합한 어종은 240종이 넘습니다. 포기하면 안 됩니다. 방글라데시 환경에 적합한 어종을 찾아봅시다."

굽타 박사는 방글라데시 과학자들에게 "포기하지 말자"고 설득했다. 그리고 방글라데시 농가 연못에 적합한 어종을 연구하기 위한 연구소 설립을 추진하였다. 다행히 유엔과 세계은행이 그의 연구를 후원하여 방글라데시 정부와 함께 미멘싱에 수산업연구소를 설립할 수 있었다. 농가 환경과 유사한 조건의 양식장을 만들고 양식 가능한 어종의 성장을 연구하기 시작한 것이다.

수개월 거듭된 연구를 통해 드디어 양식에 적합한 어종을 발견했다. 농가 연못에서 3개월 내에 90cm 정도로 성장하는 틸라피아와 실버바브 어종을 발견한 것이다. 틸라피아와 실버바브는 열악한 환경에서 잘 성장하는데다 시장에서도 높은 가격에 판매할 수 있는 어종이었다. 고된 연구 끝에 얻게 된 이 값진 결과는 혁명적인 물고기 생산량 증가를 가져왔다.

굽타 박사가 양식에 성공한 틸라피아의 학명(學名)은 '사로더로던 나일로티커스(Sarotherodon Niloticus)'로 아프리카 동남부가 원산지인 민물고기이다. 피라니아의 천적으로 알려져 있으며 날카로운 이빨을 가지고 있는 공격적인 외양 때문에 방글라데시는 물론 동남아시아에서는 틸라피아에 대한 선입견이 있었다. 공격적이고 파괴적인 피라니아와 비슷한 특성을 가지고 있을 것이라고 생각했던 것이다.

그러나 굽타 박사의 연구 결과, 틸라피아가 환경 변화에 강하고 성장이 빨라 양식에 적합하다는 것을 알게 되었다. 1950년대 처음으로 아프리카에서 동남아시아로 알려졌으며 굽타 박사의 연구로 저급질의 사료에도 잘 성장한다는 것을 알게 된 후 양식에 적극 도입되었다. 특히 14~45℃까지 서식할 수 있어 높은 수온의 양식에 적합하며 수온이 21℃ 이상 유지될 때, 계속 산란하여 왕성하게 번식하였다.

연구소는 틸라피아 양식에 성공한 이후, 농가에서 쉽게 키울 수 있는 양식 방법을 개발하였다. 굽타 박사는 인도와는 다른 방글라데시의 특징에 주목하였다. 인도와 가장 다른 점은 작은 웅덩이에서도 양식을 할 수 있도록 소규모 양식이 이루어져야 하고, 일 년 중 3개월 정도 홍수가 나는 자연 환경도 고려하여야 한다는 것이다. 방글라데시 사람들이 인도인들보다 물고기를 좋아하여 물고기에 대한 수요가 높은 점도 눈여겨보았고, 그들이 좋아하는 물고기의 특징도 감안하였다.

이런 노력의 결과 드디어 소규모로 할 수 있는 양식 기술을 개발하였다. 농부들은 집 뒤뜰의 얕은 웅덩이에서 3~5개월 만에 헥타르당 1.5~2.5톤의 물고기를 수확할 수 있게 되었고, 이 놀라운 양식의 결과는 그들을 흥분시켰다. 농부들은 자기 집 뒤뜰의 얕은 웅덩이에서 짧은 기간 동안 많은 양의 물고기를 키울 수 있다는 소식을 듣고 반신반의하면서도 더 나은 삶에 대한 새로운 희망으로 들뜨기 시작했다. 그 후로 5년 뒤 농가 웅덩이는 물론 배수로나 도로변 운하까지 양식 기술이 보급되어 물고기를 키우게 되었다.

겸손으로 성공을 이끌다

굽타 박사는 늘 웃는 얼굴로 사람들을 대하고 겸손하게 다른 사람의 말을 경청하였다. 그의 이런 자세는 연구를 성공으로 이끄는 큰 원동력이 되었다. 굽타 박사는 농부들에게도 "저는 이곳에 처음 왔기 때문에 방글라데시의 경제, 문화, 사회 상황을 모릅니다. 여러분이 많이 알려주세요."라고 요청하였다. 다행히 굽타 박사는 인도 캘커타에서 일하면서 벵골어를 배웠기 때문에 유창하지는 않지만 농부들과 기본적인 대화를 할 수 있었다.

"방글라데시에 도착해서 처음 마을을 방문했을 때, 나는 농부들과 함께 그들이 가진 문제와 요구들을 듣고 이해하려고 노력했습니다. 현지 맞춤형 양식 기술을 개발하기 위해서는 이러한 문제들을 고려하는 것부터 시작해야 하기 때문입니다. 나는 언제나 마을에 가서 농부들과 함께 이야기를 하곤 했습니다. 이곳 사람들을 돕기 위해 왔기 때문에 농부들의 어려움을 이해하는 것이 연구의 첫 걸음이라고 생각했습니다. 물론 더 자연스러운 대화를 위해 벵골어도 열심히 공부했습니다."

농부들은 굽타 박사의 이런 겸손한 자세 때문에 굽타 박사를 연구소의 책임자이자 양식 전문가라고 생각하지 않았다. 전문가나 박사는 하루 종일 사무실 책상에 앉아서 글을 쓰거나 연구를 하는 사람이거나 아랫사람들에게 지시를 하는 높은 사람으로 생각했기 때문이다.

그들은 굽타 박사를 연구소 책임자가 아닌 낮은 직책을 가진 심부름꾼 정도로 생각했다. 그러다 보니 농부들은 굽타 박사를 자신들과 비슷한 농부로 여기고 격의 없이 친구처럼 대했다. 특히 아이들은 굽타 박사를 "박사님"이라고 부르지 않고, "아저씨"라고 불렀다. 굽타 박사는 그런 아이들을 늘 웃으며 대해주었다. 굽타 박사는 농부들이나 현지 주민들이 자신을 어떻게 생각하든 괘념치 않았다.

"나를 어떻게 부르는지는 중요한 것이 아니었습니다. 양식에 성공해서 농부들이 잘 살 수 있도록 돕기 위해서는 그들과 최대한 함께 생활하는 것이 중요했습니다. 또한 어떤 면에서 농부들은 자신의 농장 상황을 가장 잘 이해하고 있기 때문에 나는 그들로부터 많은 것을 배웠습니다."

오히려 굽타 박사는 자신의 연구가 양방향 소통을 통해 완성되었다고 설명하였다. 수산업연구소에서 진행한 연구의 성과가 실제 농가에서 물고기 생산이라는 결실로 이어지기 위해서는 농부들의 이해와 협력이 필요하기 때문이다. 농부들에게 물고기 양식은 매우 생소한 것이어서 처음에는 누구도 자기 농장에서 양식을 하겠다고 선뜻 나서지 않았다. 그런 농부들에게 굽타 박사는 "양식은 어린 아이들도 할 수 있는 간단한 것"이라고 말하며 용기를 주었다. 농부들에게 자신감을 주기 위해 자신을 낮춘 것이다. "양식은 저처럼 이곳 농장에 대해 아무것도 모르는 사람도 할 수 있는 쉬운 일입니다. 여러분은 이 농장의 주인이고, 누구보다 농장과 물웅덩이에 대해 잘 알고 있습니다. 여러분은 저보다 훨씬 더 양식을 잘할 수 있을 겁니다."라고 끊임없이 격려하였다.

농부들은 양식을 전혀 모르는 상태이기 때문에 양식의 처음부터 알려주어야 했지만 굽타 박사는 섣불리 가르치려고 하지 않았다. 농부들은 낯선 이의 가르침을 달가워하지 않았던 것이다. 대신 굽타 박사는 양식을 해야 하는 동기를 지속적으로 부여했다. "우리가 방글라데시 농가에 양식을 권하는 것은 양식을 가르치려는 것이 아니라 아이들의 영양 상태를 개선하고 농가가 더 잘 살 수 있도록 돕기 위한 것입니다. 그게 가장 본질적인 목표이기 때문에 우리의 진심이 전해질 때까지 기다리고 노력했습니다. 방글라데시 농민들의 마음을 여는 것이 무엇보다 중요했기 때문입니다."

농부들의 마음을 얻기 위해 굽타 박사는 인도에서 했던 것처럼 농가에서 숙식을 해결하며 농부들과 같이 지냈다. 처음에는 냉담한 태도를 보이던 농부들도 며칠이 지나자 굽타 박사가 하려는 양식이 뭔지는 몰라도 그 마음만은 '진심'이라는 것을 느끼게 되었다. "제가 농가를 떠나지 않고 불편한 생활을 함께 하는 모습을 보고, 농부들은 정말 자신들을 돕고 싶어 한다고 느꼈습니다. 그들의 신뢰를 얻은 거죠."

연구가 어느 정도 안정적인 궤도에 진입하자 굽타 박사는 연구 결과를 농가에 적용하기 위해 방글라데시 사회와 농부들의 의식, 문화를 이해하고 싶어 했다. 그러나 연구소에서 일하는 과학자들은 농부들의 생활을 잘 알지 못했다. 굽타 박사는 농부들이 왜 양식에 관심을 가지지 않는지, 경제적으로 어려운 상황을 어떻게 수용하고 있는지, 양식 도입에 가장 큰 문제는 무엇인지 등을 알고 싶었지만 속 시원한 답을 찾을 수 없었다.

답답한 상황이 이어지던 어느 날, 굽타 박사는 여느 때와 마찬가지로 한 농가를 방문하고 있었다. 그 농가는 가족이 많아 매우 살림이 어려운 상태로, 아버지가 짓는 농사만으로는 생계를 잇기 어려운 상황이었다. 그런데 우연히 그 집을 방문한 NGO 직원을 만날 수 있었다. 그 직원은 누구보다 방글라데시 농가의 상황을 잘 알고 있었으며 오랫동안 미멘싱 지역에 있으면서 농가가 겪고 있는 어려움이 무엇인지, 어떤 도움을 요청하고 있는지 이해하고 있었다. NGO 직원과 대화를 나누면서 굽타 박사는 희망이 느껴졌다.

굽타 박사는 방글라데시에서 정부의 협력 아래 많은 NGO가 활동하고 있다는 것을 알게 되었다. '만약 농부들과 정부, NGO들의 힘을 모을 수 있다면 방글라데시의 현실은 개선될 수 있다!' 그의 가슴은 방글라데시 아이들을 행복하게 해줄 수 있다는 희망으로 두근거렸다.

이러한 비전을 실현하기 위해 그는 NGO 사무실을 방문했다. 그리고 자신이 연구하고 있는 양식 프로젝트를 설명하면서 양식을 통해 방글라데시 농부들의 생활과 어린이들의 영양 상태가 개선될 수 있다고 강조하였다. "나는 방글라데시에 온 지 얼마 되지 않아서 이 지역을 잘 모릅니다. 농부들을 돕기 위한 이 프로젝트에는 여러분과 같이 이곳 농부들의 생활과 어려움을 잘 알고 있는 전문가들이 필요합니다."

NGO 책임자는 굽타 박사의 요청을 기쁘게 수락했다. 무엇보다 자신은 방글라데시의 전문가가 아니어서 농부들의 생활을 잘 모른다며 NGO의 도움을 요청하는 굽타 박사의 진실한 자세가 큰 힘을 발휘했다. 굽타 박사와 NGO 실무자들은 양식을 할 수 있는 연못이나 웅덩이가 없는 가난한 사람들이 양식을 할 수 있는 방법을 찾기 시작하였다. 굽타 박사는 농부들을 도운 경험이 많은 NGO 실무자들의 의견을 늘 경청하였다.

이런 굽타 박사의 자세는 방글라데시에 진정한 변화를 가져왔다. 방글라데시 월드피시센터 크레이그 멘스너(Craig Meisner) 박사는 "방글라데시가 세계에서 양식 생산량이 가장 많은 나라가 된 것은 모두 굽타 박사님 덕분입니다. 박사님은 혼자 연구에 매달리지 않고 여러 분야의 과학자들에게 자문을 구해 농부들의 현실을 가장 효과적으로 도우려고 하셨습니다. 이곳 농부들은 어업만 하는 것이 아니라 쌀이나 밀, 옥수수, 야채도 키우기 때문에 그 모든 분야를 아우를 수 있어야 양식이 성공할 수 있다고 생각한 것이죠. 굽

"만약 농부들과 정부, NGO들의 힘을 모을 수 있다면
방글라데시의 현실은 개선될 수 있다!
그의 가슴은 방글라데시 아이들을 행복하게
해줄 수 있다는 희망으로 두근거렸다."

타 박사님의 이러한 고견이 여러 분야의 과학자들은 물론 정부와 NGO까지 협력할 수 있는 기반을 만들었고, 방글라데시의 진정한 변화를 일으켰습니다."라고 굽타 박사가 청색혁명을 일으킬 수 있었던 동력을 설명하였다.

친환경 통합농법을 개발하다

굽타 박사는 농가에서 양식을 할 수 있는 좀 더 효율적인 방법을 연구하기 시작했다. 농가의 뒤뜰 웅덩이는 좁았기 때문에 양식을 위해서는 좀 더 넓은 공간이 필요했다. 그러나 대부분의 농가는 뒤뜰에서 닭과 같은 가금류를 키우고 있어 공간을 확보하기가 현실적으로 힘들었다. 양식을 할 수 있는 충분한 공간을 마련할 수 있는 방법이 없을까? 새로운 고민이 시작되었다.

연구를 거듭한 결과, 굽타 박사는 양식을 위해 농가에서 독립적인 공간을 마련하기보다 기존의 공간과 통합할 수 있는 공간을 창출해야 한다는 결론에 도달했다. 즉, 기존에 가금류를 키우는 공간과 양식을 하는 웅덩이를 결합하거나 농사를 짓는 논에서 양식을 하는 것이 다. 굽타 박사는 이런 방식을 '농촌 맞춤형 양식 개발'이라고 불렀다. 양식이 농부들에게 이익이 되려면 물고기 생산뿐만 아니라 다른 농사와 결합하여 시너지 효과가 나야 한다고 보았던 것이다.

가금류와 양식을 결합하는 통합농법은 양식을 하는 연못 위에 가금류를 키우는 축사를 짓는 방식이다. 즉, 연못 속에는 물고기가 살고, 연못 위 닭장에는 닭이 살게 된다. 닭장까지 가는 길은 널빤지를 세워 다리를 만들어준다. 공간을 이중으로 사용할 수 있으니 공간 활용도가 높아 더 많은 공간에서 양식을 할 수 있게 된 것이다. 또한 닭의 배설물이 자연스럽게 연못으로 떨어지게 만들어 물고기 먹이가 되게 하였다. 이런 통합적인 구조는 공간 활용도를 높이는 동시에 물고기 양식을 위한 별도의 먹이를 주지 않아도 되어 경제적으로 효율적이었다.

가난한 농부들에게 물고기 양식을 위해 별도의 사료비를 지출하지 않아도 된다는 것은 매우 매력적인 조건이었다. 닭의 배설물이 양식장으로 떨어

"논에서 양식을 하는 통합농법은
쌀과 어류의 생산량을 9~11% 증가시켰고
친환경 농법을 가능하게 하는
긍정적인 결과를 낳았다."

질 수 있도록 닭장 바닥을 설계하기만 하면 자연스럽게 닭 배설물이 물고기 사료가 되었다. 어린 물고기만 연못에 풀어 넣으면 별도의 비용이 추가로 들지 않았다. 이런 양식 과정을 보고 농부들은 양식이 매우 쉽고 경제적이라고 생각하게 되었다. "우리라고 못할 게 뭐 있어?"라고 생각하게 된 것이다. 기존에 농부들이 해오던 농업을 하면서 양식을 하는 것이었기 때문에 물고기 생산은 농가의 부가소득이 되었다.

또 다른 통합농법은 쌀농사를 짓는 논에 양식을 접목하는 방식이었다. 논에서 양식을 하는 통합농법은 쌀과 어류의 생산량을 9~11% 증가시켰고, 제초제와 살충제가 필요 없어져 친환경적인 농법을 가능하게 했다. 물고기가 논의 해충을 먹이로 삼아 별도의 제초제와 살충제를 사용하지 않아도 되었던 것이다.

그러나 논에서 양식을 하는 통합농법을 처음 도입하는 것은 생각보다 쉽지 않았다. 논에 물고기가 살 수 있도록 살충제를 사용하는 대신 종합해충관리시스템(Integrated Pest Management: IPM)을 따라야 하는데, 농부들이 선뜻 나서지 않았기 때문이다. IPM은 해충이나 병충해 방제를 위해 화학 살충제 의존도를 줄이고 독성이 적은 생물학적 방법을 연합해서 사용하는 것으로, 양식을 위해 필수적인 요건이었다.

농업 연구원이 농부들에게 "살충제를 사용하지 마시고 IPM을 따르면, 쌀농사도 잘 지을 수 있고 양식도 할 수 있습니다."라고 안내를 했지만 살충제 사용에 익숙했던 농부들은 따르지 않았다. 농업 연구원의 말을 100% 신뢰할 수 없었을 뿐 아니라 자신의 방식을 바꿔야 할 필요를 못 느꼈기 때문이다. 무엇보다도 농부들은 생업이었던 쌀농사에 차질이 생길까봐 위험을 감

"쌀겨와 쌀 제분 등의 부산물을 잘 활용하면
별도의 사료 없이도 물고기가 잘 클 수 있다는 것은
농부들에게 큰 매력이었다."

수하고 싶지 않았다.

그러나 살충제 사용을 계속 하던 농부들도 굽타 박사가 논에 물고기를 넣자 태도를 바꾸지 않을 수 없었다. 논에서 헤엄치는 물고기를 보자 살충제 사용이 생태계에 위협을 가지고 올 수 있다는 것을 실감할 수 있었던 것이다. 결국 그들은 살충제와 제초제 사용을 중단하고 IPM에 따르기 시작하였다.

물고기들은 논에 살면서 벼의 성장을 가로막는 해충들을 먹기 시작했다. 물고기들이 해충과 쌀겨 등 논에 있던 부산물들을 먹으며 성장했기 때문에 별도의 먹이를 제공할 필요가 없었다. 또한 물고기의 배설물은 토양으로 다시 흡수되어 논의 영양 상태를 비옥하게 만들어 주었다. 살충제 사용을 중지하자 쌀 수확량도 늘고 토지도 비옥해지면서 환경도 보호할 수 있어 1석 3조의 친환경농업으로 전환할 수 있는 기점이 되었다. 농가에 통합농법이 정착하게 된 것이다.

굽타 박사는 농부들이 양식을 할 때 이미 자신들이 가지고 있는 것을 활용하여 비용을 최소화하는 방법을 가르쳤다. 가난한 농부들에게 쌀겨와 쌀 제분 등의 부산물을 잘 활용하면 별도의 사료 없이도 물고기가 잘 클 수 있다는 것은 대단한 매력이었다. 별도의 비용 없이 약간의 시간과 노력만으로 가정의 수입을 늘릴 수 있고 영양 상태를 개선할 수 있기 때문이다.

당시 가난한 농가에서 소나 돼지를 키우는 것은 거의 불가능했다. 소나 돼지에게 먹일 사료가 없었기 때문이다. 소고기 1kg을 생산하려면 10~15kg의 곡물이 소요되고, 돼지고기 1kg을 생산하는 데도 4kg의 곡물이 필요하지만 물고기는 10kg을 생산하더라도 거의 투입되는 곡물이 없어 가계에 부담이 되지 않았다.

굽타 박사는 "물고기 양식은 인류가 가장 쉽고 안전하게 동물성 단백질을 섭취할 수 있는 방법입니다. 그래서 저는 아시아가 더 많은 동물성 단백질을 생산하고자 한다면 축산업이 아니라 양식업에 투자하는 것이 바람직하다고 강조해 왔습니다. 특히 물고기는 결핍되기 쉬운 미세 영양소를 가지고 있기 때문에 양질의 단백질을 제공할 수 있습니다."라고 강조하였다.

적은 비용으로 양식에 성공한 농부들은 본격적으로 양식을 시작하였다. 양식을 위한 새로운 도랑과 웅덩이를 개발하였고, 일부 농부들은 일 년 내내 물고기 양식을 하기 시작하였다. 이런 농부들에게 굽타 박사는 한 양식장 안에서 여러 종류의 잉어를 키우는 방법을 가르쳤다.

본격적인 양식을 시작하면서 연못은 더 깊어지고 규모도 커졌다. 양식장이 깊어지면서 양식장 바닥에서 사는 어종과 양식장 중간 위치에 사는 어종, 양식장 상부에서 사는 어종을 함께 기를 수 있도록 지도하였다. 물고기들은 플랑크톤과 잡초, 바닥의 미생물 등을 나눠 먹으며 공존하였다. 이렇게 한 양식장에서 다른 종을 키우게 되면서 농부들은 연못의 모든 자원을 활용할 수 있게 되었다.

통합농법이 성공하자 더 많은 후원자들이 방글라데시 농촌에 자금을 제공하였고, 후원에 힘입어 농가 양식은 더욱 활기를 띠게 되었다. 연구 초기에 비해 방글라데시의 어업 생산량은 폭발적으로 성장하였으며, 가난했던 사람들은 새로운 삶의 의지로 빛나게 되었다.

농촌 자립 기반을 만들다

굽타 박사를 가장 행복하게 한 것은 사람들의 웃음이었다. 아무 희망도 없이 무기력하게 지내던 사람들의 얼굴에 생기가 넘치게 되었고, 그런 얼굴을 볼 때마다 굽타 박사는 보람을 느꼈다. 양식을 통해 굶주림에 시달려 온 방글라데시 사람들의 영양 상태를 개선할 수 있을 것이라는 굽타 박사의 꿈은 이제 '경제적 자립'이라는 한 단계 높은 희망으로 발전되어 가고 있었다.

농부들은 양식한 물고기를 먹는 것에 머물지 않고, 잉여 물고기들을 시장에 내다 팔며 경제 구조를 개선해 갔다. 이는 굽타 박사가 미처 예상하지 못한 결과였다. 그러나 농부들은 예상을 넘어 자발적으로 경제 구조를 개선해 나갔으며, 양식 물고기의 80%를 시장에 팔았다. 그들은 양식한 물고기를 판 수입으로 값싼 해산물을 사거나 쌀을 더 사서 충분한 식량을 확보하였고, 남은 돈으로 자녀를 학교에 보내 교육을 받게 하였다.

가장 변화된 것은 농촌의 젊은이들이었다. 경제적 흐름에 민감한 젊은이들은 이러한 변화를 빨리 알아차렸다. 젊은 청년들은 양식한 물고기를 시장에 파는 일부터 시작했으며, 새로운 일자리를 가지게 된 청년들은 미래에 대한 희망으로 표정이 밝아졌다. 청년들의 마음에 생긴 희망은 마을에도 활기를 가져왔고 자연스럽게 경제도 성장시켰다. 양식이 수익성이 높다는 것을 알고, 대학 졸업 후 양식을 시작한 청년도 있었다. 이 청년은 양식의 가치를 일찍 인식하고 물고기를 시장에서 판매하면서 나름대로 노하우를 익혀 높은 수익을 얻었다.

"처음에는 가족들의 반대가 심했어요. 대학을 졸업하고 편안한 일자리에서 일했으면 하셨죠. 하지만 직장을 다녀서 받는 월급으로는 우리 가족을 부양하기 힘들어요. 양식은 직장생활을 하는 것보다 수익도 좋고, 가족과 함께

"젊은 청년들은 양식한 물고기를 시장에 파는 일부터 시작했다.
새로운 일자리를 가지게 된 청년들은
더 나은 삶에 대한 희망으로 빛나기 시작했다."

할 수 있는 시간도 많아서 반대를 무릅쓰고 시작했지요. 물고기를 기르고 시장에서 파는 것이 쉬운 일은 아니지만 지금은 양식이 저희 가족에게 큰 힘이 되고 있습니다. 이제는 저희 가족 모두 양식이 얼마나 경제적으로 수익성이 높은지 알기 때문에 다 같이 저를 돕고 있어요. 양식을 해서 앞으로 집을 사는 게 꿈입니다."

직접 양식을 하는 농부들뿐만 아니라 양식을 하기 위한 제반 산업들도 생겨났다. 양식장의 수질을 검사하여 관리하거나 물고기를 판매하고 손질하는 등의 일자리가 늘어나 마을 경제는 눈에 띄게 변화되어 갔다. 이러한 변화는 굽타 박사에게 큰 보람이었다.

그러나 아직도 해야 할 일이 많았다. 가장 시급한 일은 땅이 없는 사람들의 상황을 개선하는 일이었다. 사실 이들이 가장 극빈한 상황에 처해있는 사람들이었지만, 정작 양식을 해볼 땅이 없어 빈곤의 악순환을 극복할 도리가 없었던 것이다.

양식에 성공하자마자 '정말 가난한 사람들은 아무것도 가진 것이 없기 때문에 자신의 현실을 개선할 수 없다'는 생각이 머리에서 떠나지 않았다. 방글라데시에는 아직도 많은 연못이 있었지만 국가 소유의 땅이거나 양식을 하고 싶어 하지 않는 농장주의 땅이었다. 굽타 박사는 방치된 연못을 볼 때마다 어떻게 하면 가난한 사람들이 사용할 수 있을까 고민하기 시작했다.

이를 알게 된 NGO는 이 문제를 해결하기 위해 적극적으로 나섰다. 굽타 박사가 개발한 양식이 얼마나 효과적인지 이미 입증이 되었기 때문에, 가난한 사람들이 양식만 할 수 있다면 극심한 기아 문제를 해결할 수 있을 것이라 판단한 것이다. 굽타 박사는 NGO와 함께 방치된 연못을 땅이 없는 사람들에게 빌려 주는 프로젝트를 시작하였다.

먼저 NGO에서는 양식을 하고 싶은 사람 5~6명을 소그룹으로 조직하였다. 소그룹으로 조직된 이들은 굽타 박사에게 양식에 대한 기본 교육을 받았다. 이들은 대부분 교육을 받아본 적 없는 빈민들이었지만 라오스에서 이미 비슷한 농민들을 교육하고 훈련시켜 본 굽타 박사는 이들의 눈높이에서 하나하나 상세히 양식을 가르쳤다.

양식에 대한 기본 교육이 끝나면 이들은 소액 대출을 받아 적은 돈으로 연못을 빌릴 수 있었다. 프로젝트에 필요한 자금은 월드피시센터(World Fish Center)를 통해 미국 국제개발처 (United States Agency for International Development)가 지원하였다. 이 프로젝트의 결과를 보고하자 미국 국제개발처는 그동안 자신들이 지원한 많은 프로젝트 중 가장 성공적이라고 평가하면서, 이 프로젝트를 다른 지역까지 확산시키고 싶다고 하였다. 미국 국제개발처는 적극적으로 프로젝트를 후원하기 위해 미국과 방글라데시 정부 간 협의를 통해 방글라데시 현지 통화로 원조금을 보냈다. 그리고 굽타 박사에게 "우리는 당신의 프로젝트가 방글라데시 전국으로 퍼질 수 있도록 필요한 만큼 자금을 후원하겠습니다."라고 강한 신뢰를 보였다.

흥미로운 것은 이런 과정에서 굽타 박사는 프로젝트 지원 비용을 농부들이 갚도록 해야 한다고 주장한 것이다. 일반적으로 해외 원조 자금은 조건 없이 무상 지원되는데 굽타 박사는 무상 지원은 빈민들의 경제적 자립심을 기를 수 없게 한다며 반대하였다. 안정적으로 양식 프로젝트가 정착하기 위해서는 무상 지원이 아니라 '대출' 형식이 되어야 한다고 생각한 것이다.

UN의 지원이 끝나갈 무렵 빈곤층의 자립을 후원하는 NGO의 담당자가

"일반적으로 해외 원조 자금은 조건 없이 무상 지원된다.
그러나 굽타 박사는 '무상' 지원은 빈민들의 경제적 자립심을
기를 수 없게 한다며 반대하였다.
안정적으로 양식 프로젝트가 정착하기 위해서는
무상 지원이 아니라 '대출' 형식이 되어야 한다고 생각한 것이다."

직접 굽타 박사를 만나러 왔다. 프로젝트 진행 상황을 묻자 굽타 박사는 "모든 프로젝트가 아주 순조롭게 진행되고 있습니다. 특히 우리는 UN의 프로젝트 지원이 끝나도 농부들이 양식을 계속 할 수 있도록 시스템을 만들고 있는 중입니다. 우선 조직적으로는 NGO를 통해서 안정적으로 농부들을 지원할 것입니다. 다만 농부들이 이자 없이 대출을 받을 수 있을지 그것이 걱정입니다. 이 부분을 지원해주셨으면 합니다."

"우리는 농부들에게 필요한 자금을 지원해줄 수 있습니다. 하지만 우리는 은행이 아니기 때문에 지원했던 금액을 돌려받는 것은 오히려 복잡합니다. 보조금으로 그들에게 지원을 해주는 것이 더 좋지 않을까요?"

"아닙니다. 그들은 이미 공짜로 받는 것에 익숙해져 있습니다. 무상 원조는 그들을 의존적으로 만들었습니다. 공짜로 받는 것은 가치가 있다고 생각하지 않죠. 만약 당신 단체가 이 프로젝트에 1억 달러를 지원한다고 생각해 보십시오. 지금 당장은 1억 달러를 지원할 수 있겠지만 매년 1억 달러를 지원하는 것은 매우 힘들 것입니다. 그러나 농부들은 한번 공짜로 지원을 받으면 매년 무상 지원을 받길 원하게 됩니다. 결국 건강하지 않은 관계가 맺어지는 것이죠. 그들은 아마 몇 년 뒤에 더 가난해질 것입니다. 그건 지원이 아니라 피해가 됩니다. 만약 당신의 단체가 이 프로젝트를 무상 지원하기로 결정한다면, 저는 이 프로젝트에서 빠지겠습니다." 굽타 박사는 강경했다.

"알겠습니다. 만약 그렇다면 저희가 무상 지원이 아니라 무이자 대출로 시스템을 변경하도록 노력해보겠습니다."

굽타 박사가 요청한 대로 NGO를 통해 무상 지원이 아닌 무이자 대출이 이루어졌다. 가난한 농부들은 소그룹을 조직하여 양식 교육을 받으면 아무런 담보 없이 프로젝트 지원금을 대출받을 수 있었다. 굽타 박사는 이들이 대출금을 상환할 수 있도록 끊임없이 동기를 부여하고 교육을 하면서 현장의 상황을 모니터링했다. 심지어 시장에 나가 물고기를 판매하는 방법까지 지도하면서 이들의 경제적 자립을 도와주었다.

이런 노력의 결과, 땅이 없는 가난한 사람들도 양식에 참여할 수 있게 되었으며 지긋지긋했던 가난과 굶주림으로부터 벗어나기 시작했다. 영양 상태가 개선되는 것은 물론 수익도 올리게 되었다. 난생 처음 경제적 수익을 얻게 된 빈민들은 자신감을 갖고 자녀들을 교육하기 시작하였다. 가난의 대물림을 끊기 위한 몸부림이었다.

굽타 박사의 양식은 방글라데시 국민들의 영양 상태를 개선한 것은 물론 농촌 경제를 혁신적으로 개선하였고, 궁극적으로는 빈민들의 생계 기반을 만들어 주었다. 양식은 농촌 경제를 근본적으로 변화시켜 빈곤층을 위한 일자리를 창출하고 수익을 증대할 수 있는 수단이 되어 주었던 것이다. 가난과 굶주림으로 무기력했던 사람들의 얼굴은 더 나은 삶에 대한 희망으로 빛나기 시작했다.

여성의 삶을 바꾸다

굽타 박사가 처음 방글라데시를 방문했을 때 여성은 아무런 사회적 지위를 갖고 있지 않았다. 방글라데시는 인구의 80% 이상이 이슬람을 믿기 때문에 여성의 사회활동이 매우 제한적이었고, 그러다 보니 여성의 인권은 절대적으로 열악한 상황이었다. 여성은 가사노동에 시달리면서도 경제활동을 하지 않는다는 이유로 남편에게 무시당하거나 폭력에 시달리는 경우가 허다했다.

굽타 박사의 눈은 가난한 사람들 중에서도 억압당하고 있는 여성에게 머물렀다. 여성이 밖에서 농사를 짓는 것은 힘들 수 있지만 양식을 하는 것은 상대적으로 쉽다고 판단했다. 연못은 대부분 집 안 뒤뜰에 있기 때문에 바깥출입을 하지 않아도 할 수 있는 일이고, 섬세한 여성들의 안목이 양식에는 도움이 된다고 판단한 굽타 박사는 여성들의 양식 참여 방법을 모색하기 시작했다.

문제는 양식 교육이었다. 여성들이 양식을 하기 위해서는 먼저 굽타 박사를 만나 양식에 대한 교육을 받아야 했지만 당시 방글라데시 사회에서 여성이 남편이 아닌 다른 남성으로부터 교육을 받는다는 것은 상상조차 하기 어려운 일이었다. 굽타 박사는 고민 끝에 여성들의 직업 훈련을 지원하는 여성 NGO '반츠데 셰카(생존법 배우기, Bacht Shekha)'의 회장인 안젤라 고메즈 회장을 찾아갔다.

굽타 박사와 안젤라 고메즈 회장의 만남은 운명적이었다. 안젤라 고메즈 회장은 굽타 박사와 비슷한 시기인 1981년부터 방글라데시에서 여성의 삶을 개선하기 위해 노력해왔다. 그녀는 가톨릭 신자로서, 교육받지 못한 농촌의 여성들이 스스로 생계를 꾸려 자립할 수 있도록 기술을 교육하는 한편 이들이 법적·민주적 권리를 되찾을 수 있도록 지원하고 있었다.

고메즈 회장은 여성 NGO를 처음 결성했을 당시의 상황을 다음과 같이 회상했다. "당시 방글라데시 여성들의 삶은 상상할 수 없을 정도로 비참했어요. 남편에게 폭력을 당해도 도움을 받지 못했고, 집을 떠나거나 시위를 할 수도 없었죠. 탈출구 없는 고통 속에서 평생을 시달리는 여성들이 수두룩했습니다. 저는 전국을 돌며 여성들의 상황을 직접 보았고, 이들을 설득하고 연결하여 여성들의 인권 향상을 위한 단체를 만들게 되었죠." 고메즈 회장은 여성이었지만 무슬림이 아니라는 이유로 많은 어려움을 겪었다. "지역 사회에서 나를 받아주기까지는 적지 않은 시간이 걸렸어요. 저에게 돌을 던지거나 더러운 물을 붓는 사람도 많았죠. 저는 활동을 위해 이름과 옷차림, 머리모양까지 다 무슬림 여성처럼 바꾸었어요. 조금씩 사람들의 신뢰를 얻고 있을 때 굽타 박사님이 우리를 찾아와 여성들에게 양식 기술을 가르치는 것이 어떻겠느냐는 제안을 하셨어요." 여성들의 일자리 마련을 위해 백방으로 노력하고 있던 고메즈 회장에게 굽타 박사는 새로운 희망이었다.

특히 여성들이 집 밖으로 나가는 것이 가장 어려운 일이었기 때문에 양식은 소규모로 집 안에서 할 수 있는 일자리로서 가능성이 있었다. 굽타 박사는 고메즈 회장과 함께 마을의 종교 지도자들과 원로들을 만나러 갔다. 양식 교육 기간 동안 여성들이 집 밖에서 교육을 받도록 허락을 받기 위해서 그들을 설득해야 했던 것이다.

어렵게 허락을 받은 이후에는 여성들에게 동기를 부여하고 남편들에게 허락을 받아야 하는 과정이 필요했다. 여성들이 일하는 것에 대해 거부감을 없애는 데 많은 시간과 노력이 필요했지만 양식 교육을 받은 여성들이 조금씩 돈을 벌기 시작하자 여성들의 상황도 점점 개선되었다.

자르나 박치 씨는 20명이 넘는 대가족의 어머니로 양식이 시작되던 초기에 교육을 받고 양식을 시작했다. 처음 양식을 시작할 때는 남편과 아이들의 반대가 심했다. "이렇게 평생 살 수는 없겠다는 생각만 했어요. 먹고살 돈이 없었기 때문에 아이들을 학교에 보낼 엄두도 내지 못한 것은 물론 아이들을 배불리 먹이지도 못했거든요. 아이들이 배가 고픈 표정으로 저를 쳐다보는데 집에 아무것도 먹을 것이 없는 상황에 지쳐 있었어요."

박치 씨의 인생은 굽타 박사를 만난 후 변화되었다. 박치 씨가 키운 물고기를 큰아들이 시장에 팔아 집안 경제가 좋아졌다. 양식을 반대하던 남편은 짧은 기간 안에 수익이 생기는 것을 보고 적극적으로 양식을 돕기 시작했다. 물고기를 먹으면서 피부병이 있던 아이들이 건강해졌고, 학교에도 다닐 수 있었다. 함께 양식을 하며 가족 구성원 간 사이도 좋아졌다. 물론 그동안 천덕꾸러기처럼 가족들에게 무시당하던 박치 씨는 가족에게 존경받는 어머니가 되었다. 이제 박치 씨 가족은 양식장을 넓혀 더 많은 물고기를 양식하고 있으며, 마을에서 가장 윤택하고 행복한 생활을 하고 있다.

박치 씨뿐만 아니라 방글라데시의 많은 여성들이 양식에 참여했다. 굽타 박사는 NGO를 통해 조직된 소그룹 여성들에게 동기부여를 하면서 양식 기술을 교육해 나갔으며, 양식에 필요한 최소 자금을 대출해 주었다.

여성들이 벌어들이는 수입이 늘어나자 남편들은 더 이상 부인을 함부로 대하지 않았다. 폭력도 당연히 줄어들었고, 인권도 향상되었다. 그러나 그 무엇보다도 여성들이 기뻐한 것은 아이들을 학교에 보낼 수 있게 된 것이다. 아이들이 가방을 메고 학교에 가는 모습을 볼 때마다 어머니들의 얼굴에는 웃음이 피어났고, 새로운 힘을 얻을 수 있었다.

"박치 씨의 인생은
굽타 박사를 만난 뒤 변화되었다.
양식을 해서 키운 물고기를
큰아들이 시장에 팔아
집안 경제가 좋아졌으며
아이들이 모두
학교에 다니게
되었다."

여성들은 아이들을 교육하고 남은 돈으로 저축도 할 수 있게 되어 농사를 지을 때 빌렸던 빚도 갚고, 나뭇잎 지붕을 금속 지붕으로 바꿀 수 있었다. 자연스럽게 양식장이 커지면서 사업으로까지 확장되었다.

굽타 박사의 노력으로 현재 방글라데시 양식 인구 중 65%가 여성일 정도로 성공적으로 여성의 일자리 기반이 마련되었다. 그러나 굽타 박사는 이러한 성공에 만족하지 않고 여성이 남성보다 양식을 하기 더 적합하다는 것을 입증할 수 있는 중요한 프로젝트를 시작했다. 양식 교육을 실시한 결과, 몇몇 여성들은 양식에 뛰어난 능력을 보였을 뿐만 아니라 양식을 잘 이해하고 있었다. 이런 여성들이 양식에 관한 전문 사업가가 될 수 있도록 굽타 박사는 새로운 기획을 하였다. 그들이 치어를 생산할 수 있도록 교육하였던 것이다.

치어를 생산하는 일은 1년에 4개월만 하는 계절 사업으로, 수익성이 매우 높았다. 그러나 알을 부화시켜 치어로 키우는 과정은 세심한 주의가 필요한 것이었다. 또한 양식장의 환경을 민감하게 통제해야 하고 치어를 섬세하게 다루어야 했기에 남성보다는 섬세한 여성에게 더 적합한 일이었다. 치어를 생산한 후에는 농가에 판매해야 하기 때문에 경영적 마인드도 필요했다. 여러 어려움이 예상되었지만 여성들은 굽타 박사의 기대에 부응하며 치어 생산에 성공하여 사업가로 성장해 나갔다.

사업가 여성의 등장은 농촌 경제에 새로운 변화를 주었다. 가정은 물론 사회에서 여성의 지위가 향상되는 결과를 가져왔다. 몇몇 여성들은 방글라데시 안에서 주요한 사업가로 성장하였으며 일부 여성들은 남성보다 더 좋은 수입을 올렸다. 여성들의 경제적 자립은 사회적인 성장으로 이어졌다. 여성들은 양식으로 먹고사는 생계를 해결하고 아이들을 학교에 보냈다. 또한

"여성들이 벌어들이는 수입이 늘어나자
남편들은 더 이상 부인을 함부로 대하지 않았다.
폭력도 당연히 줄어들었고, 인권도 향상되었다.
그러나 그 무엇보다도 여성들이 기뻐한 것은
아이들을 학교에 보낼 수 있게 된 것이다."

돈을 모으기 위해 저축을 하고 집도 넓히는 등 활발하게 경제활동을 하게 되었다.

고메즈 회장은 "가장 기쁜 일은 더 이상 남편이 부인을 함부로 때리거나 무시할 수 없게 된 것이에요. 여성이 토지를 소유할 수 있게 되었고, 여성들끼리 서로를 지킬 수 있는 커뮤니티를 만들어 다양한 여성 인권 향상 활동들을 하고 있어요. 이 모든 변화가 굽타 박사님 덕분에 가능했습니다."라고 감사의 마음을 표했다.

굽타 박사는 여성의 경제활동 참여가 방글라데시의 경제 개선에 큰 영향을 주었다고 분석했다. "남성만 일을 하는 구조는 농촌 경제를 결코 개선할 수 없습니다. 남자아이는 8살만 되면 노동 인구로 간주되어 학교가 아닌 논이나 밭으로 보내고, 여자아이는 쓸모없는 아이로 분류되어 차별받게 됩니다. 그러나 여성이 함께 경제활동을 하면 가정의 수입이 늘게 되어 아이들이 학교에 갈 수 있고 남녀 성차별도 개선될 수 있습니다. 여성들은 결코 늘어난 수입을 자신을 위해 쓰지 않고 가족을 위해 사용하기 때문에 즉각적인 가족 부양 효과가 나타나게 됩니다."라고 그 의미를 설명한다.

굽타 박사가 지적하는 것처럼 세계 빈곤을 연구하는 많은 학자들은 기아 문제를 해결하기 위해서는 여성의 일자리가 더 많아져야 한다고 주장하고 있다. 전 세계적으로 여성은 가족의 식생활을 주로 책임지고 있기 때문에 여성의 경제활동은 가장 효과적으로 기아를 해결하는 방안이 된다는 것이다. 한 연구는 여성이 남성과 동등하게 일하게 된다면 현재 약 9억 명에 달하는 기아 인구가 1억 5천만 명으로 감소할 것이라고 전망했다. 이런 연구 결과에 근거하여 UN의 세계식량계획(World Food Programme: WFP)은 기아 문제 해결을 위해 여성의 낮은 경제적 지위를 개선하고자 노력하고 있다. 굽타 박사는 이러한 연구 결과가 나오기 전부터 이미 이러한 상황을 인지하고, 여성 중심 양식 기술 전수 활동을 전개하였다. 그 결과 방글라데시 여성들의 인권이 크게 향상한 것은 물론, 세계에서 가장 가난한 나라의 가정 경제를 크게 개선시켰다.

사람 중심, 현장 중심

굽타 박사가 처음 양식 연구를 시작했을 당시에만 해도 양식 연구는 연구소 내에서 이루어졌다. 그러나 굽타 박사는 어떤 양식 기술을 개발하든 현장에 맞는 기술을 개발하고 싶었다. 과학은 과학 그 자체를 위해 존재하는 것이 아니라 '인간'을 위해 존재하는 것이라는 소신이 있었기 때문이다. 특히 양식 연구는 양식을 하고자 하는 가난한 농부들을 위해 필요한 것이라는 생각이 확고했기에, 그는 늘 현장에서 농부의 얘기를 듣고 농장에 거주하면서 기술을 개발하였다. 어떤 기술이 개발되든 그 기술이 농업 공동체에 적합하다는 것이 증명되어야 했던 것이다.

굽타 박사가 현장 중심 연구를 하는 것에 대해 다른 과학자들이 좋게만 생각한 것은 아니었다. 그들은 굽타 박사가 연구보다는 농촌 운동 지도자가 되고 싶어 한다고 오해하기도 했다. 굽타 박사는 그런 동료들을 만날 때마다 "연구실 연구는 현실적이고 지속가능한 결과를 만들 수 없습니다. 현장에 가야 그 지역의 특성에 맞는 지속가능한 맞춤형 양식 기술을 개발할 수 있습니다."라고 설득해야 했다.

굽타 박사의 영향으로 이제 연구를 위한 연구가 아니라 현장에 적합한 연구를 해야 한다는 인식이 보편화되었다. 어떤 연구를 할 것인가를 정하기 위해서도, 물고기의 유전적 개선 및 기타 양식 기술 개발을 위해서도, 이제는 현장의 상황을 파악하는 것에서부터 연구가 시작되고 있다. 지역 맞춤형 양식 연구가 기본이 된 것이다.

굽타 박사는 아직도 직접 현장에 나가 양식 연구를 하는 몇 안 되는 과학자이다. 그는 늘 농부들이 양식 기술을 어떻게 이해하고 적용하고 있는지 확인하고 있으며, 어떤 부분을 힘들어 하는지 모니터링하여 조언을 주고 있다.

"굽타 박사는 가능한 한
'양식 기술은 더 단순하고 간단하게 발전해야 한다'는 원칙을 주장한다.
가난한 농부가 이해하고 적용할 수 있어야 하기 때문이다.
자신의 명예를 위해서가 아닌 양식 기술이 필요한 농부들을 위해
이러한 원칙을 고수하고 있는 것이다."

그래서 굽타 박사가 마을을 방문하면 자신들의 문제를 해결하고자 농부들이 모여든다. 어떤 질문을 해도 굽타 박사는 진지하게 경청하고 눈높이에 맞는 조언을 해주기 때문이다.

굽타 박사는 다른 과학자들에게도 "농업 공동체의 이해와 요구에 집중하라."고 조언한다. 농부의 문제를 이해하고 연구하면서 해결 방안을 제시하면, 정부나 민간 분야에서 실질적인 투자가 이루어져 유용한 연구로 발전되고 확산된다는 것이다.

연구를 시작할 때부터 현장에 필요한 연구를 해야겠다고 다짐했던 굽타 박사의 생각은 인도를 비롯하여 라오스, 방글라데시 등 여러 국가에서의 양식 경험을 통해 더욱 확고해졌다. 이들 나라는 동남아시아에 위치한 까닭에 비슷한 기후와 환경을 가지고 있을 것 같지만, 실제 연구를 진행해본 결과 각 국가마다 연못이나 저수지 등 활용할 수 있는 자원이 다르고 기후와 지형 등 자연 환경의 차이가 많았다. 또한 농부들의 사회·경제적인 조건과 교육 수준, 언어와 문화도 달라 요청하는 양식 기술도 다르고 교육 방식도 차이가 났다.

각 국가에서 양식 연구에 성공하기 위해서는 농부들의 이해와 요구에 맞추어 연구를 진행하고 교육해야 했다. 이를 위해 굽타 박사는 현장에 연구센터를 두도록 하였다. 현지 농장과 동일한 조건을 갖춘 양식장에서 연구를 먼저 진행하도록 하였던 것이다. 특히 현장 연구센터를 통해 지속적으로 농부들이 연구소의 데이터에 쉽게 접근할 수 있도록 하였으며 농부들이 과학자들에게 자신의 문제를 질문하고 해결책을 얻을 수 있도록 하였다. 굽타 박사는 이런 현장 연구센터가 연구의 성패를 좌우한다고 보았다. 또한 연구자는 철저하게 농부들의 이해와 요구에 맞추어 연구를 진행할 때, 실적을 낼 수 있는 것

"우리는 굽타 박사를 인간의 얼굴을 가진 과학자라고 부릅니다.
그는 오래 전부터 수산업과 양식업에서 최고의 과학자이지만
자신의 명예나 성공은 생각하지 않고 늘 가난한 사람들을 위해
양식 기술을 어떻게 더 발전시킬 것인가를 생각하고 있습니다."

은 물론 농민들의 행복 증진과 그 국가의 발전에 기여할 수 있다고 생각했다.

굽타 박사는 항상 가난한 농부들을 위한 연구를 진행했다. 어떤 연구를 하든지 가난한 사람들이 경제적인 부담 없이 쉽게 시도해볼 수 있는지를 고려하였다. 그의 최대 고민은 '어떻게 양식을 통해 기아와 영양 부족에 시달리는 사람들을 도울 수 있을 것인가?'였다. 30년 동안 굽타 박사를 지켜본 동료인 아야판 박사(Dr. Ayappan, Director General of ICAR)는 "우리는 굽타 박사를 인간의 얼굴을 가진 과학자라고 부릅니다. 그는 수산업과 양식업에서 최고의 과학자이지만 자신의 명예나 성공은 생각하지 않고 늘 가난한 사람들을 위해 양식 기술을 어떻게 더 발전시킬 것인가를 생각하고 있습니다. 그래서 같은 과학자이지만 다들 굽타 박사를 존경하고 있습니다."라고 깊은 존경을 표하였다.

굽타 박사는 양식을 연구하면서 식량 안보에 대한 큰 책임감을 가지고 있었다. 물고기 양식은 식량 안보에 위협을 느끼는 사람들이 단기간에 저비용으로 식량을 확보할 수 있는 가장 현실적인 방안이기 때문이다. 이를 위해 굽타 박사는 가능한 한 '양식 기술은 더 단순하고 간단하게 발전해야 한다'는 원칙을 주장한다. 가난한 농부가 이해하고 적용할 수 있어야 하기 때문이다. 자신의 명예를 위해서가 아닌 양식 기술이 필요한 농부들을 위해 이러한 원칙을 고수하고 있는 것이다.

굽타 박사는 양식을 하는 농부들의 미소를 볼 때마다 큰 보람과 기쁨을 느낀다. 특히 가난하고 지쳐 있던 농부들이 발전된 모습으로 양식에 몰두하고 있는 모습을 볼 때면 모든 피로가 사라진다고 한다. 굽타 박사가 그들을 보고 위로와 힘을 얻는 것처럼 농부들도 굽타 박사를 보면 가족처럼 느끼고 함께 있고 싶어 했다. 늘 자신의 안녕과 행복보다 농부들의 건강과 행복을 먼저 생각한 굽타 박사의 진심을 누구보다 농부들이 느끼고 있었던 것이다.

이런 굽타 박사의 연구 원칙은 동남아시아의 여러 과학자들에게 영향을 주었다. 굽타 박사가 양식 연구를 시작할 당시만 해도 양식업이나 수산업은 비전이 없는 분야로 인식되었지만 이제 많은 연구자들이 인류의 미래를 위해 양식업과 수산업의 중요성을 알게 되었다. 또한 많은 연구자들이 아시아의 빈곤과 기아를 해결하기 위해 굽타 박사처럼 양식을 보편화할 수 있는 연구를 하고 있다. 그들은 굽타 박사를 롤모델로 삼고 큰 영감을 받는다고 말한다.

그들이 주목하는 것은 '사람을 중심에 두고, 현장에 맞게 연구하라'는 굽타 박사의 연구 철학, 그리고 '단순하고 쉽게 연구를 개발하고 농업 공동체에 직접 적용해야 한다'는 연구 원칙이다. 굽타 박사가 보여준 선행 연구를 통해 연구의 목적과 과정을 다시 생각해보는 것이다. 젊은 연구자들이 굽타 박사에게 조언을 구할 때면 굽타 박사는 바쁜 일정에도 꼭 답변을 해준다고 한다. 젊은 연구자들은 그의 동료이자 연구의 미래이기에 이들의 연구를 지도하고 돕는 것은 굽타 박사에게 또 다른 기쁨이 되고 있다.

세계식량상을 수상하다

2005년, 굽타 박사는 동남아시아 빈민층을 위해 저비용의 물고기 양식 기술을 개발하고 보급한 공로로 양식연구가로서는 처음으로 세계식량상(World Food Prize)을 수상하였다. 그는 방글라데시, 라오스 등 동남아시아 및 기타 지역의 빈농과 여성들의 영양을 개선시킬 수 있는 지속가능한 방법을 개발하여 양식의 발전을 가져왔다는 평가를 받았다. 특히 굽타 박사가 개발한 양식 기술은 저비용의 통합농법이고, 친환경적이었을 뿐만 아니라 물고기 생산량을 3~5배로 증가시켰다.

세계식량상 수상 시, 굽타 박사는 과거 자신이 양식 연구를 시작했을 당시만 해도 가족은 물론 지인들도 자신이 직업을 구하지 못해 양식 연구소에서 일한 것은 아닌가 하고 생각했던 일을 회상하였다. 그만큼 채식주의자가 많은 인도에서 양식 연구란 낯선 분야였던 것이다.

뿐만 아니라 현장에서 농부들과 같이 먹고 자면서 연구를 하는 굽타 박사의 연구 방법에 대해서 동료 과학자들은 물론 연구소의 상사조차 이해를 하지 못했다. "굽타 박사는 엄밀하게 말해서 연구자라고 할 수 없다. 그는 연구를 현장에 적합하게 변형시키는 개발자이다."라는 말은 그를 따라다니는 불쾌한 꼬리표가 되었다. 통제 가능한 연구소가 아니라 농장에서 연구를 진행하는 그의 연구 태도를 사람들은 잘 이해하지 못했다.

그는 늘 '어디까지가 연구이고 어디부터가 개발인가?'라고 자문한다. 농부들에게 아무 도움이 되지 못한 채 실험실의 성과로만 남는 연구는 무의미하다는 게 그의 지론이다. "연구 결과가 농가의 여러 양식장에 실제로 적용되어 농촌의 경제와 영양 상태에 영향을 미치지 못한다면 무슨 의미가 있겠습니까?" 그는 늘 이렇게 다른 연구자들을 설득해야 했다.

굽타 박사는 주위의 시선에 동요되지 않았으며, 자신의 연구 목적과 연구 원칙을 타협하지 않았다. 어린 시절 아버지의 손을 잡고 해안가를 산책할 때 보았던 가난한 어부 아저씨가 더 건강하고 더 행복하게 살 수 있도록 돕고 싶었던 꿈을 이루기 위해 그는 끊임없이 노력했고, 세계식량재단은 그 공로를 인정해주었던 것이다.

굽타 박사는 세계식량상 시상식에 자신의 아내와 같이 참석했다. 그리고 미국에서 공부하고 있던 아들 둘을 초대하였다. 오랜 기간 자신을 믿고 지원해주었던 아내가 없었다면 굽타 박사는 결코 연구를 계속 할 수 없었을 것이다. 아내는 채식주의자로 생선을 먹지 않았지만 굽타 박사가 가난한 사람들을 돕기 위해 물고기 양식 연구를 하는 것은 늘 자랑스럽게 생각했다. 그리고 세계식량상을 수상한 날, 아내는 굽타 박사보다 더 큰 기쁨과 보람으로 벅차올랐다. 아들들에게 아버지가 우직하고 열정적으로 걸어온 선한 길을 직접 보여줄 수 있었기 때문이다. 그날 굽타 박사는 "이렇게 상을 받을 수 있었던 것은 모두 가족들 덕분"이라고 말하며, 고맙고 미안한 마음을 진심을 담아 전했다.

세계식량상 수상 이후 굽타 박사의 삶은 달라진 것이 없다. 여전히 양식기술을 연구하느라 바쁜 연구자였다. 그러나 주위의 시선은 달라졌다. 이런 변화를 굽타 박사보다 더 민감하게 느낀 것은 굽타 박사의 아내였다. 굽타 박사의 가족들과 친지들이 굽타 박사의 연구에 대해 이해하고 응원을 보내주었던 것이다. 연구를 위해 오랫동안 인도를 떠나 외국에 있었기 때문에 가족과 친지들은 정확하게 굽타 박사의 연구가 어떤 의미가 있는지 모르고 있었지만 세계식량상을 수상한 이후에는 굽타 박사의 연구 업적이 세계 빈곤층의 자립에 지대한 공헌을 했다는 것을 알게 되었고, 가족과 친지들은 큰 자부심을 느끼게 되었다. 더불어 생활도 이전보다 훨씬 안정을 찾게 되었다.

아시아에서의 양식 성공을 발판으로, 이제 그는 아프리카의 빈민들을 위한 양식 연구를 하고 있다. 아프리카는 아시아와 전혀 다른 기후와 환경을 가지고 있는데다, 농민들과의 대화가 어려워 양식에 쉽게 성공할 수 없었다. 그러나 굽타 박사는 아프리카에서 양식 기술을 성공적으로 정착시켜야겠다는 꿈을 포기하지 않고 있다. 오늘도 여전히 아프리카 지역의 사회적, 경제적, 문화적 관습을 이해하고 아프리카의 조건에 맞는 양식 기술을 개발하기 위해 노력하고 있다.

"아시아 및 아프리카의 농업 조건, 토양, 사회적, 경제적 요인은 완전히 다릅니다. 우리는 아프리카에 적합한 방법을 개발해야 한다는 원칙을 지키고 있습니다. 나는 아프리카에서 양식 개발의 긍정적 미래를 보고 있습니다."라고 굽타 박사는 말한다.

현재 굽타 박사는 월드피시센터에서 반 은퇴한 상태이지만 아프리카 양식을 연구하는 한편 양식의 중요성을 일깨우기 위한 강연과 정책 개발에 열정적으로 참여하고 있다. 그는 전 세계 국가들이 기아 해결과 일자리 제공을 위해 양식의 중요성을 인식하고 양식 활성화를 위한 지원을 강화해야 한다고 주장한다.

"불행하게도 각국 정부는 영양과 일자리 창출을 위한 양식의 중요성을 완벽히 인식하지 못하고 있습니다. 개발도상국의 예산을 보면, 그들이 작물 및 가축 부문에 할당하는 예산이 물고기 양식에 할당하는 것보다 훨씬 크다는 것을 알 수 있습니다. 예를 들어 인도에서 농업 소득은 과세되지 않고 있지만

"굽타 박사는 이제 아프리카 지역의
사회적, 경제적, 문화적 관습을 이해하고
아프리카의 조건에 맞는 양식 기술을 개발하기 위해
노력하고 있다."

양식 소득에 대해서는 과세를 하고 있습니다. 양식이 농업과 동등하게 취급될 필요가 있습니다."라고 지적한다.

그는 동남아시아의 정부 기관과 교류하여 양식 기술을 개발하고 보급하기 위해 어떤 정책이 필요한지, 어떤 재원이 필요한지, 정부가 우선시해야 할 것이 무엇인지 조언을 아끼지 않고 있다. 또한 국제적인 컨퍼런스에 참여하여 식량 안보를 위해 양식업을 지원하고 소규모 농업 활동이 활성화될 수 있도록 하는 정책들을 발표하고 있다.

굽타 박사가 최근 관심을 가지고 있는 또 다른 분야는 인적 자원 개발 분야로 대학과 연구소에서 세계 식량 문제를 가르치고 연구를 지도하는 일이다. 그는 수산업 연구소들과 교류하는 한편 수산 대학들과도 소통하고 있다.

그는 여전히 유엔개발계획(UNDP), 식량농업기구(FAO), 세계은행(World Bank), 아시아개발은행(ADB), 덴마크 국제기구(Danish International Agency), 영연방 사무국(Common Wealth Secretariat), 네덜란드 농업연구센터(Agriculture Research Center of Netherlands), 메콩 강 위원회(Mekong River Commission), 그리고 월드피시센터(World Fish Center)에서 고문 역할을 해오고 있다.

굽타 박사는 빈민을 위한 양식 개발을 위해 세계적인 노력이 이루어져야 한다고 강조한다. 거의 모든 나라에서 양식 개발을 위한 정책이 마련되어 있지만, 빈민층에게 양식 기술을 전수하는 것에는 아직 대안을 가지고 있지 않다. 빈민층에게 양식 기술을 전수할 수 있는 전략이나 개발 계획, 자원의 할당, 장소 등이 모두 부족한 것이다. 어류 수요를 충족시킬 수 있는 어류 생산량 증가를 위한 정책과 전략을 실행하고자 하는 정부의 강한 의지가 필요하다.

굽타 박사는 세계식량상을 수상할 때도 "청색혁명이 시작되었지만 더 절실한 것은 가난한 사람들을 위해 과학 기술이 사용되어야 한다는 점"이라고 강조하면서 "가난한 사람들을 위한 양식 기술 개발과 정책 도입을 위해 동참"할 것을 호소하였다.

가난한 사람들의 식량 위기를 해결하기 위해 시작했던 굽타 박사의 양식 연구는 기후 변화로 인한 식량 위기를 해결할 수 있는 새로운 대안이 되고 있다. 굽타 박사가 지적한 것처럼 식량 위기는 근본적으로 식량 분배와 연결되어 있기에 선진국보다는 개발도상국에, 부자보다는 가난한 사람들에게 어두운 그림자를 드리우고 있다. 이를 해결하기 위해 식량을 일방적으로 원조하는 것은 순환적인 분배 시스템이 아니어서 여러모로 한계를 가진다. 이보다는 한정된 자원을 활용하여 가난한 사람들이 직접 물고기를 생산할 수 있는 식량 생산 시스템을 개발하는 것이 선순환적인 구조를 만들 수 있다.

자신보다 어려운 사람들의 생활을 개선시켜 주고 싶어 했던 굽타 박사의 따뜻한 마음과 자신의 안위를 돌보지 않는 소탈하고 헌신적인 노력이 이제 아시아를 넘어 세계의 식량 미래에 희망의 등불이 될 것이다.

제1회 선학평화상 수상 기념서

Modadugu Vijay
GUPTA

선학평화상 수상 2015 기념 연설[3]

대한민국 서울 2015. 8. 28

[3] 본 연설은 모다두구 비쎄이 굽타 박사가 2015년 8월 28일 대한민국 서울 인터컨티넨탈 파르나스 호텔에서 열린 제1회 선학평화상 시상식장에서 수상 기념으로 한 연설이다.

제1회 선학평화상 수상자로 선정된 것을 큰 명예와 영광으로 생각합니다. 저는 선학평화상 위원회가 평화로운 사회의 필수 조건으로 '식량 안보', '환경 보전', '사회경제 발전'의 중요성을 제시했다는 점을 매우 기쁘게 생각합니다. 오늘날 이 세 가지 이슈는 점점 중요해지고 있습니다. 날이 갈수록 천연 자원 은 감소하는데 인구와 식량 수요는 늘어나고, 지구온난화가 생태계와 인류를 위험에 빠뜨릴 징후를 보이고 있기 때문입니다. 저는 선학평화상을 통해 인류 가 식량 안보와 평화로운 세계에 새롭게 관심을 갖게 되어 한학자 총재님께 깊은 감사를 드립니다.

그 외에도 많은 분께 감사를 드립니다. 제가 일한 여러 국가의 양식 공동 체, NGO 단체들, 과학자들, 정책입안자들, 행정관들 이분들의 협조와 도움이 없었다면 이런 과업을 해낼 수 없었을 것입니다. 또한 전쟁으로 파괴된 개발 도상국 오지에서 목숨이 위험한 가운데도 제가 일에 전념할 수 있도록 수년 간 헌신해온 제 아내와 자녀들에게 남편과 아버지로서 말로 다 표현할 수 없 는 감사함을 느낍니다.

지난 수십 년간 세계는 산업, 정보기술, 로켓기술, 우주과학, 농업 등 전 분 야에 걸쳐 혁신적 기술 진보를 이루었습니다. 그러나 지구의 한쪽 면에서는 충분한 식량 공급의 실패로 기아와 빈곤이 만연하고, 사회적 갈등과 식량 폭 동이 발생하고 있습니다. 또한 세계인 3명 중 1명, 특히 여성과 아이들이 미량 영양소 결핍에 시달리고 있습니다. 우리는 한동안 '기아와 빈곤 퇴치'를 논했 지만 아직도 목표를 달성하기엔 역부족입니다. 식량 생산 증가에도 불구하고 기아는 여전히 전 세계 빈민층의 지속적인 문제로 남아있습니다. 만연하는 기 아와 빈곤은 민주 제도를 쇠퇴시키고 시위, 폭동, 사회 갈등을 한층 더 증폭시키고 있습니다. 개인적으로 저는 전쟁으로 파괴된 여러 국가에서 일을 하며 기아의 실상을 적나라하게 목격했습니다. 충분히 부유한 중산층 국가들에서도 기아 인구는 끝없이 발생합니다. 우리는 기아와 빈곤으로 고통 받는 세계에서 평화와 평안을 기대할 수 없습니다. 적절한 조치를 취하지 않으면 장기간의 기아와 영양 부족으로 향후 수년 동안 발전이 저해되고 경제에 손실이 생길 것입니다.

기아와 영양 결핍을 퇴치하기 위해서는, 모두에게 생계를 제공하고 미래 세대를 위한 환경을 보존하여 평화 세계로 이끌 수 있는 포괄적이고 지속적인 성장 접근법이 필요합니다. 현재 5억 명 이상의 소규모 농부들이 전 세계 대부분의 농작지에서 어류 양식을 포함한 거의 모든 식량을 생산하고 있습니다. 그들이 없는 세계는 상상할 수 없습니다. 때문에 우리는 농부들의 생계는 물론, 세계 식량 안보와 빈곤 및 영양 부족 해소를 위해 농부들의 생존을 보장해야만 합니다. 저는 소규모 농부들과 개발도상국들의 농부들이 식량 안보의 중추라고 강하게 믿고 있습니다. 그래서 지난 몇 년간 이 방면에서 소규모 양식업자, 특히 여성들이 지속적으로 적용할 수 있는 저투입, 저비용 기술을 개발해 왔습니다.

이 상으로 기아와 빈곤 완화를 통해 평화 사회에 기여하려는 제 평생의 목표에 다시 한 번 박차를 가하게 되었습니다. 저는 평화로운 인류 한 가족의 비전과 이상을 추구해 오신 문선명 선생님께 경의를 표합니다. 그의 이상을 실현하기 위해 우리 모두 다 같이 노력합시다.

감사합니다.

모다두구 비제이 굽타 박사가
선학평화상의 설립자인 한학자 총재로부터
메달을 수여받고 있다.

선학평화상 시상식에서
메달 수여 후 기념 촬영을 하고 있다.
왼쪽부터 설립자 한학자 총재,
아노테 통 대통령, 모다두구 비제이 굽타 공동 수상자,
홍일식 선학평화 상위원회 위원장

식량평화 모다두구 비제이 굽타

월드 서밋 2015 연설[4]
소규모 농업과 식량 안보 그리고 평화

대한민국 서울 2015. 8. 28

3) 본 연설은 모다두구 비제이 굽타 박사가 2015년 8월 28일 대한민국 서울 인터컨티넨탈 파르나스 호텔에서 열린 국제 컨퍼런스 '월드서밋'에서 제1회 선학평화상 수상 기념으로 한 연설이다.

선학평화상 설립자이신 한학자 총재님, 천주평화연합 회장이신 토마스 월시 박사님, 선학평화위원회 위원장님 및 위원님들, 언론인 여러분, 신사 숙녀 여러분! 안녕하십니까?

오늘 여러분 앞에서 말씀 드리게 된 것을 크나큰 영광으로 생각합니다. 주최측이신 선학평화상재단과 그 설립자 한학자 총재님께 진심으로 감사드립니다. 저는 오늘 식량 안보와 세계 평화, 그리고 이를 위한 소규모 농부의 역할에 초점을 맞춰 말씀을 드리고자 합니다.

빈곤과 기아

석가모니는 인류의 가장 큰 질병이 '굶주림'이라고 말했습니다. 오늘날 빈곤과 기아는 개발도상국이 처한 가장 어려운 문제입니다. 매일 세계 인구 9명 중 1명이 굶고 있는데, 그들은 세계 인구의 13.5%인 약 8억 명으로, 대부분 개발도상국에 분포해 있습니다. 특히 세계 인구 3명 중 1명은 '숨겨진 굶주림(hidden hunger)'이라고도 불리는 미량 영양소 결핍으로 고통을 겪고 있습니다. 어린이의 경우 2억 5천 명이 비타민A 부족에 시달리고 있고, 같은 수의 어린이들이 철분, 아연, 칼슘과 같은 미네랄 부족에 시달리고 있습니다. 5세 미만 아동의 사망 건수가 매일 약 2만 5천 건인데, 그중 1/3이 영양 결핍으로 인한 사망입니다. 받아들이기 어렵지만 이런 통계는 사실입니다. 지난 몇 년간 치솟은 식량 가격으로 상황은 더 악화될 전망입니다. 재앙을 피하고 기아와 영양 결핍 해소 및 기본적인 식량권을 제공할 충분한 자원과 지식을 가진 현재의 세계에서 이런 비관적인 일이 벌어지고 있는 것입니다.

2000년, 세계 지도자들은 밀레니엄 개발 목표를 통해 인류의 기아와 영양 결핍을 2015년까지 반으로 줄이겠다는 목표를 세웠습니다. 그 목표는 일부 진전을 이루기는 했으나, 기아와 영양 결핍은 대부분의 개발도상국들에게 여전히 큰 문제입니다.

미래의 식량 수요

현재의 상황이 이렇다면 미래의 상황은 어떻겠습니까? 세계 인구는 이미 70억 명을 돌파했고, 역사상 처음으로 한 세대 내에 인구가 두 배가 될 것이며, 35년 후인 2050년이 되면 90억 명에 이르게 됩니다. 이 경우 2050년도까지 개발도상국들 내에 백만 명당 하나의 도시를 5일마다 지어야 한다는 예상 궤적이 나오며, 이 사실만 봐도 상황이 얼마나 심각한지 알 수 있습니다.

세계식량기구는 2050년까지 늘어나는 인구의 식량 수요를 감당하기 위해서는 세계적으로 생산량이 60% 증가해야 하며, 개발도상국에서는 90년까지 100%가 증가해야 한다고 전망하고 있습니다. 더 심각한 문제는 지난 8천 년간 생산했던 생산량보다 더 많은 식량을 앞으로 35년 동안 생산해야 한다는 사실입니다.

과학이 고민하는 것은 과연 이런 규모의 식량 생산이 한 번에 가능한가 하는 것입니다. (i)자원은 고갈되어가고 (ii)지구온난화가 가뭄과 홍수를 증가시키며 (iii)녹색혁명의 영향이 감소돼 제2의 녹색혁명이 요구되는 조건에서 말입니다. 국제식량정책연구소의 연구에 따르면 많은 농작물 생산이 기후 변화로 인해 35년 후면 25% 감소할 것이라고 합니다. 우리가 예상 식량수요를 감당하지 못한다면 개발도상국 내에 빈곤과 영양 결핍이 증가해 정치 불안이 야기될 것입니다.

이 시점에서 우리가 자문해봐야 하는 것은, '오늘날 우리가 목격하고 있는 식량 불안정이 정말 식량 생산 부족 때문인가'하는 것입니다. 식량 생산이 충분한 나라에서도 기아와 영양 결핍이 존재합니다. 식량 접근이 가능한 나라나 시장이라도 사람들이 구매력이 없다면 식량에 접근할 수 없습니다. 식량에 대한 접근은 가구들이 식량을 생산하거나 구매할 수 있는 충분한 소득이 발생할 때 비로소 가능한 것입니다. 따라서 식량 안보는 '빈곤 감소 및 퇴치'와 관계가 있습니다.

식량 안보와 평화

식량 안보와 평화의 연관성을 살펴보겠습니다. 세계 도처에서 평화를 위협하는 빈곤과 기아는 지역 분쟁과 사회 폭력의 근본 원인이 되고 있습니다. 우리는 급격한 세계 식량 가격 상승이 저소득 국가들에서 1억 5백만 인구를 빈곤에 빠뜨리며, 정치·경제·사회 불안을 야기했던 2007년~2008년의 식량 위기를 잘 알고 있습니다. 일부 국가에서는 분쟁 때문에 식량 불안정이 발생하는데, 대부분 사회·경제적 불평등, 땅과 천연 자원의 불공평한 분배가 원인입니다. 때문에 사회 폭력의 근원인 기아, 빈곤, 불공평의 퇴치 요구 목소리가 날이 갈수록 커지고 있습니다. 지속적 평화를 위해서는 발전을 막고 사회 분쟁을 조성하는 식량 불안정, 빈곤, 인성 결여와 같은 근본 문제를 해결해야 합니다.

세계은행에 의하면 식량과 에너지의 높은 가격은 최소 33개 개발도상국에서 잠재적으로 심각한 긴장과 사회 불안정을 야기한다고 분석하고 있습니다. 이 국가들은 대부분의 가정들이 소득의 1/2 내지 3/4을 식비로 지출하고 있습니다. 선진국의 식비가 15% 이하인 것과는 대조적입니다. 이 사람들에게 굶주림은 항상 존재하는 위협이고 현실입니다. 이들의 식량 권리는 종종 문서 상에나 존재할 뿐입니다.

빈곤과 결핍은 지역 분쟁과 사회 폭력의 근본 원인입니다. 대부분의 결핍이 시골 지역에 분포하는데, 세계 빈곤 인구의 70%가 하루에 1달러도 안 되는 돈으로 살아가고 있습니다. 따라서 이들은 빈곤 감소와 식량 안보의 최우선 목표 대상이 되어야 합니다. 저는 기아 문제가 해결될 때 가정, 사회, 종교, 정치를 넘어 비로소 지속적 평화가 찾아온다고 굳게 믿고 있습니다.

물고기와 식량 안보, 그리고 평화

이와 같은 맥락에서 지난 50년간의 저의 노력을 겸허하게 말씀 드리겠습니다. 라오스나 방글라데시 같은 개발도상국의 양식 공동체를 과학적으로 뒷받침하여 충분한 식량과 영양 안보를 제공하기까지, 물고기 양식이 가난한 시골 사람들의 삶과 생계에 어떤 변화를 가져올 수 있는지 고찰해보겠습니다.

평화 세계 구현에서 물고기가 어떤 역할을 하는지 말씀 드리겠습니다. '물고기'하면 우리는 바다, 산호초, 강, 식당 등을 떠올리지만, 영양 부족, 높은 영아 사망률 등을 떠올리진 않습니다. 물고기가 단백질, 필수지방산, 비타민, 미네랄을 풍부하게 함유하고 있고, 개발도상국 사람들의 동물성 단백질 주공급원이라는 것은 잘 알려진 사실입니다. 물고기는 45억 명 이상의 세계인에게 최소 15%의 동물성 단백질 섭취를 제공합니다. 경제적 관점에서 물고기는 국제적으로 가장 많이 거래되는 생산물이며, 국제 거래액은 매년 약 1,600억 달러로 추정되고 있습니다. 많은 국가에서 물고기 수출을 통해 벌어들인 외화로 다른 식료품을 수입하고 있습니다. 또한 소고기, 돼지고기 등 다른 동물성 단백질 생산과 비교했을 때 물고기 양식은 친환경적입니다.

여러분 중엔 지구온난화, 도시 개발, 천연 자원 고갈, 어류 남획으로 기후 패턴이 바뀌어 바다와 강의 물고기가 바닥나고 있다는 것을 아시는 분도 계실 것입니다. 이로 인해 생계형 낚시에 의존해 단백질 음식을 확보하는 아시아와 아프리카의 가난한 사람들이 영향을 받고 있습니다. 현재의 소비 패턴을 기초로 수요를 충족하기 위해서는 2030년까지 3천만 톤의 물고기를 추가로 더 생산해야 되며, 바다와 강이 지속적으로 남획 및 고갈되고 있기 때문에 이 수요의 대부분을 수산 양식을 통해 충당해야 합니다.

문선명 총재님께서는 바다와 수산 체계가 식량 안보와 평화에 기여할 주된 잠재 자원이라는 것을 정확하게 알아보셨습니다.

미개척 분야의 개척

앞서도 언급했지만, '자체적으로 증가된 생산량으로 세계의 식량 불안정 문제를 해결할 수 있는가'라는 문제가 대두되고 있습니다. 20세기 초반 이후로 1인당 이용 가능한 식량은 그 어느 때보다 많아졌지만, 거의 10억의 인구가 굶주림과 영양결핍에 시달리고 있습니다. 그 원인 중 하나는 매년 생산된 식량의 30% 이상, 즉 약 13억 톤의 식량이 생산에서 소비에 이르는 단계에서 버려지고 있기 때문입니다. 개발도상국에서는 가공 시설과 저장 설비의 부족으로 생산에서 마케팅에 이르는 동안 손실이 발생하고, 선진국에서는 주로 구입에서 소비에 이르는 과정에서 손실이 발생합니다. 따라서 '충분한 식량 생산이 가능한가'보다 '어떻게 식량에 접근하느냐'가 훨씬 중요합니다. 그렇기 때문에 빈곤이 감소하고 가난한 공동체들의 식량 접근 기회가 늘지 않는다면 우리는 식량 안보 문제를 해결할 수 없을 것입니다.

현재 세계 식량의 80% 이상이 소규모 농부에 의해 생산되고 90% 이상이 개발도상국에서 생산되고 있습니다. 또한 수산업과 양식이 10% 이상의 세계 인구에게 식량 안보를 제공해 소득 증가에 기여하고 있기 때문에, 소규모 농부들의 생존과 생계를 보장하는 것은 매우 중요합니다. 중국에 이런 속담이 있습니다. "사람에게 물고기를 주면 하루를 먹일 수 있지만 물고기 잡는 법을 가르치면 평생을 먹일 수 있다."

지난 몇 년간 저는 미개척 분야인 수산 양식에 초점을 맞춰, 전 세계 여러 국가들의 자원 없는 소규모 농부들을 위해 기술을 개발하고 이들이 지속적 발전을 할 수 있도록 역량을 강화해 왔습니다. 저는 처음에 시골의 가난하고 토지 없는 사람들이 빈약한 자원으로도 이용 가능한 기술을 개발하려고 노력했습니다. 즉, 농부들을 찾아가 그들의 사회, 문화, 경제면을 기반으로 그들이 어떤 자원을 이용할 수 있는지 파악하여 쉽게 적용하고 지속할 수 있는 저비용, 저위험의 간단한 기술을 개발하려 했던 것입니다.

1970년대 인도에서 시작되어 아시아 및 아프리카 국가들로 퍼져나간 이 접근법은 다양하게 물고기 생산량을 증가시키는 결과를 가져왔고, '청색혁명'의 기반이 되었습니다. 그 실례로 1970년대 인도에서 130만 톤이었던 수산 양식 생산량은 420만 톤 이상으로 증가했고, 1980년대 방글라데시에서 7만 5천 톤이었던 생산량은 백만 톤으로 증가했습니다. 이 혁명은 생산량의 증가만을 가져온 것이 아닙니다. 시골 지역 수백만 가구들의 생계를 향상시키고 일자리를 창출하는 결과도 낳았습니다.

시골 발전과 통합농업방식

소규모 농부들과 가난한 사람들이 농업에서 이익을 얻으려 한다면, 시골 발전의 맥락에서 수산 양식을 생각해야 합니다. 아시아에서 개발되어 현재 아프리카에서 시도되고 있는 농작물과 가축의 '통합 수산 양식 시스템'은 적은 위험과 친환경적인 조건으로 가구의 소득을 증가시키고 식용작물 재배를 증대시키는 결과를 낳았습니다. 예를 들어, 우리가 아시아에서 행했던 물고기 양식과 쌀농사의 통합은 이익을 증대시키는 것 외에도 쌀 생산량을 9~11% 증가시키는 결과를 보여주었습니다. 통합 방식은 살충제를 거의 사용하지 않아 보다 나은 환경이 가능하기 때문입니다.

자원 접근법

우리는 '소규모 농부들을 위한 기술 개발'이야말로 토지 없는 수많은 사람들에게 수산 양식의 혜택을 줄 수단과 방법이라고 생각했습니다. 유엔의 식량농업기구(FAO)와 국제노동기구(ILO)에 따르면, 10억 이상의 세계 농업 인구 가운데 거의 절반이 토지 없이 노동자로 일하고 있습니다. 또한 일을 하는 2억 4천만 명의 세계 어린이 중 60%가 수산업과 수산 양식을 포함한 농업에서 일을 하고 있습니다. 이 어린이들이 학교 대신 일터에 나가 일을 하는 근본 원인은 바로 '빈곤' 때문입니다.

우리는 이 문제를 어느 정도 해결하기 위해 풀뿌리 차원에서 일하는 NGO들과 손을 잡았습니다. 토지 없는 수많은 사람들을 5~10명씩 그룹으로 묶어 동기를 부여하고 교육함은 물론 그들이 연못들을 공적, 사적으로 임대하도록 도와 양식을 시작하도록 했습니다. 우리는 어린이도 학교 공부에 지장을 주지 않고 양식 활동에 참여할 수 있을 정도의 간단한 기술들을 개발했습니다. 이런 노력은 미활용 수자원을 활성화시키고 토지 없는 가구들의 생계 수단을 창출하는 결과를 가져왔습니다. 이 접근법이 성공하자 아시아와 아프리카의 많은 나라에서 도입을 하고 있습니다.

여성의 권익 향상

이제 수산 양식을 통한 시골 여성들의 권익 향상에 대해 간단히 말씀을 드리겠습니다. 우리는 여성들이 국제 정치, 법인 운영, 산업 등 각 분야에서 큰 역할을 하고 있다는 것을 잘 알고 있습니다. 이 자리에도 수많은 롤모델들이 있습니다. 이런 상황은 시골보다는 도시에 걸맞은 이야기일 것입니다.

우리는 여러 나라에서 일을 하며 가난한 시골 공동체들을 수없이 보아왔습니다. 이 공동체들의 특징은 가정이 남성의 빈약한 수입에 의존하고 있고 여성은 아무런 소득 수단 없이 집안에 틀어박혀 있다는 것입니다. 여성이 여러 가지 집안일을 해도 돈을 벌지 않기 때문에 남편은 "아내는 아무런 일도 하지 않는다"라고 말합니다. 이 때문에 시골 여성들은 가정이나 사회에서 아무런 발언권도 없습니다. 먹을 것이 충분치 않기 때문에 열량 섭취도 여성이 남성보다 30%가 적었습니다. 그래서 우리는 수산 양식을 통해 시골 여성들이 가구의 소득과 식량 안보에 기여하게 하는 방법을 생각했습니다. 그러나 그것은 쉬운 일이 아니었습니다.

간혹 문화적·종교적 오명이 따르는 경우가 있었기 때문에 그들을 설득해 동기를 부여하는 것은 상당히 힘든 일이었습니다. 하지만 일단 수산 양식을 시작하고 가정에 소득이 발생하자 점점 많은 사람들이 수산 양식을 하게 되었습니다. 이는 가구의 소득을 증대시키고, 영양 상태를 개선하며, 자녀들에게 좀 더 좋은 교육을 시키는 결과를 낳았고, 최종적으로는 가정과 사회 내에서 여성의 권리를 강화하는 결과로 이어졌습니다.

개발도상국 내에서 여성 농부가 일을 하면 농업 생산량이 2.5~4% 증가한다는 연구 결과가 나왔습니다. 뿐만 아니라 남아시아와 사하라 사막 이남의 아프리카에서 여성의 지위를 남성과 동등하게 하면 각각 1304만, 130만 어린이들의 영양 결핍을 줄일 수 있다는 연구 결과도 나왔습니다. 이 연구들은 여성이 돈을 벌면 가정이 훨씬 안정되고 행복해지며 자녀들에게 좋은 교육을 시킬 수 있다는 결과를 보여주고 있습니다. 또한 시골 공동체 내의 농부로서, 혁명가로서, 집안 관리자로서 여성이 가진 고유 역량의 중요성을 증명하고 있습니다.

생명공학의 적용

우리는 녹색혁명을 이야기할 때 기아로부터 수백만 명의 사람들을 구할 수 있는 유전적 강화 및 품종 교배에 대해 이야기합니다. 그러나 물고기의 경우 특히 열대지방에서는 사육을 많이 하지 않아 유전 연구를 착수할 역량이 많이 부족한 상태였습니다. 그래서 우리들은 선진국 연구 기관과 개발도상국 연구소의 네트워크 및 파트너십을 통해 아시아, 태평양, 아프리카 개발도상국들의 인적 자원을 개발하고 제도를 강화하는 데 노력을 기울였습니다. 그 결과, 빠르게 자라는 어종을 다양하게 개발해 개발도상국들 내의 물고기 생산량 증가에 크게 기여하게 되었습니다.

맺음말

마지막으로 드리고 싶은 말씀은 청색혁명이 아직 초기 단계에 있다는 것입니다. 청색혁명이 식량과 영양 안보에 기여하여 가난한 수백만 시골 사람들의 생계를 개선하려면 아직도 해야 할 일이 많습니다. 이를 위해선 국가들의 적절한 전략, 개발계획, 적당한 자원 분배가 필요합니다.

모든 사람들이 행복하게 살 수 있는 평화로운 세계를 건설하기 위해 우리 모두가 한마음으로 힘을 합해 빈곤, 기아, 영양 결핍문제를 해결합시다. 긴 말씀 들어주셔서 감사합니다.

제1회 선학평화상 수상 기념서

Modadugu Vijay

GUPTA

부록

부록. 가난한 이들에게 청색혁명을 가져다주다
세계식량상 수상 기념 연설[5]

5) 본 연설은 2005년 10월 13일, 미국 로와에서 열린 세계식량상 수상식에서 굽타 박사가 한 수상 연설이다.

우리는 여전히 기아와 가난이 만연한 세상에 살고 있습니다. 2015년까지 기아와 영양실조 인구를 반으로 줄이겠다는 새천년개발목표에도 불구하고, 여전히 기아와 영양실조는 세계 빈민층이 직면하고 있는 가장 심각한 문제입니다. 한 명 걸러 한 명이 가지고 있는 비극적인 영양 결핍은 세계 인구의 상당 부분을 차지하고 있습니다. 특히 재앙을 끝낼 수 있는 자원과 지식적 역량을 갖추고 있는 세계적 상황에도 불구하고 '기아'와 '영양실조'에 대한 인간의 기본적 권리가 여전히 해결되지 않은 채 남아있다는 것은 비극이 아닐 수 없습니다.

1960년대 초 제가 양식 사업에 뛰어들었을 때, 제 지역 사회와 친구들은 제가 직업을 구하지 못해 양식 사업을 시작한다고 생각하며 저를 연민의 눈으로 바라봤습니다. 특히 인구의 50% 이상이 채식주의자인 인도에서는 당시 물고기 양식 산업에 대한 인식이 상당히 좋지 않았습니다. 당시 저는 양식과 어업이 훗날 이렇게까지 많은 관심을 받게 되고, 제가 이 자리에서 이런 상을 받으리라고는 생각지 못했습니다.

오늘날 어류는 가장 국제적인 거래 상품입니다. 어류의 국제 무역은 연 600억 달러로 추정됩니다. 개발도상국의 어류 수출과 어류 생산량은 고기, 낙농, 곡식, 설탕, 커피, 담배 그리고 모든 씨앗(종자)을 초월하였습니다. 세계 육류 생산량의 경우 단 10%가 국가 간에 거래되고 있는 것에 비해, 세계 어류 생산량의 국가 간 거래량은 40%를 넘고 있습니다. 어류가 부패하기 쉬운 상품인 것을 고려할 때 이것은 매우 놀라운 일입니다. 이는 생선에 대한 수요가 증가하고 있으며, 인간의 식생활 또한 변화되고 있다는 것을 나타냅니다.

이 심포지엄에서 많은 연설자들이 균형 있는 식단의 필요성을 강조하였습니다. 생선은 단백질, 필수지방산, 비타민, 무기질이 풍부합니다. 생선은 매우 바람직한 영양 성분을 가지고 있으며, 쉽게 소화될 수 있고, 비타민A, B, E와 셀레늄을 함유한 양질의 동물성 단백질을 제공합니다. 생선에 있는 지방과 지방산 특히 긴사슬지방산은 인간에게 매우 이로우며 다른 음식에서는 얻기 힘든 영양소입니다. 또한 생선은 칼슘, 아인산, 요오드, 셀레늄과 같은 많은 무기질을 함유하고 있습니다.

생선은 개발도상국 사람들에게 동물성 단백질을 제공하는 주요 공급원입니다. 아마도 여기 앉아 계시는 여러분들은 생선이 아시아, 태평양, 아프리카의 개발도상국 사람들, 특히 빈농층 60~80%의 사람들에게 동물성 단백질을 제공하는 중요한 역할을 하고 있다는 사실에 대해 잘 모르실 겁니다. 통계에 따르면 세계의 1인당 생선 섭취량이 1973년 4kg에 반해 현재 16kg으로 증가하였다고 합니다.

양식은 영양 증진뿐 아니라, 2억 개 이상(지원 부문까지 포함한다면 100억 개 이상)의 '일자리 창출'에도 기여하였습니다. 또한 양식은 외화 수입을 증진시켜 개발도상국의 경제 발전에도 기여하고 있습니다. 예를 들어, 베트남 같은 작은 국가들의 해산물 연간 수출액은 250억 달러 상당입니다. 이것은 생선 수출로부터 얻는 이익이 다른 농작물을 수입하는 데 쓰일 수 있다는 것을 의미하기도 합니다.

월드피시(World Fish)와 국제식량정책연구소(IFPRI))에 따르면 2020년까지 인구 증가, 식습관 변화, 개선된 경제 상황에 대한 요구를 충족시키기 위해서는 현재 어류 생산량인 1억 4백만 톤에서 추가적으로 4천만 톤이 더 필요할 것이라고 예측하였습니다. 정보에 의하면 자연(야생) 어류는 거의 고갈되었거나 이미 고갈되어 추가적 생산을 할 수 없을 것이라고 전망하였습니다.

월드피시가 진행한 연구에 따르면, 최근 아시아 9개국의 해안가 거주 인구가 1970년대 30%에서 현재 10%로 감소하였다고 합니다. 만약 우리가 지금 당장 어류자원들을 보호하기 위한 조치를 취하지 않는다면, 우리의 미래 후손들은 물고기를 박물관에서 봐야 할 것입니다. 최근 나이지리아에서 열린 세계은행의 Warren 이벤트인 '모두를 위한 어류'회의에서 "7개의 대표 판매 물고기 종은 이미 멸종 위기에 있습니다."라고 하였습니다. 지속적인 발전을 위한 세계정상회의(WSSD)에서 고갈되어 가는 어류 종을 보호하여 2015년까지 복원할 것을 제안하였지만, 저는 그것이 현실적으로 굉장히 어려운 요청이며 성취할 수 없을 것이라고 생각합니다. 따라서 증가하는 생선 수요를 충족시키기 위해서는, 양식을 통해 생산량을 늘리는 것이 세계가 직면한 도전 과제가 될 것입니다.

어류 생산 증가가 필연적으로 식량 안보와 연결되지는 않습니다. 필요한 것은 빈민층이 어떻게 음식에 접근할 수 있는가 하는 것입니다. 단순한 농작물 생산량 증가뿐 아니라 지속가능하며 빈민층의 영양 보안 및 생계에 기여할 수 있는 것이어야 합니다. 많은 과제들이 해결되어야 하는 것입니다. 세계 농작물의 90%는 국가 인구의 60~80%가 시골 농부인 아시아에서 생산됩니다. 제가 말씀드린 모든 통계 자료는 자원(천연과 경제 자원, 능력 부족, 취약점, 혐오감)에 대한 접근성의 부족 문제가 해결되지 않는 한 물고기의 주요 소비자인 가난한 사람들에게는 큰 의미가 없습니다. 개발도상국의 가난과 영양실조가 개방된 생계 기회를 통해 회복될 수 있도록 하는 것은 우리 모두가 해결해야 할 도전 과제인 것입니다. 이것은 맥락에 맞는 상황을 이해하고 환경을 운영하며, 빈곤층에게 기회를 이용할 수 있도록 하는 조건을 뜻하는 것입니다. 저는 이 맥락에서 우리가 해결해야 할, 또한 제가 지난 30년 간 해결해오고자 한, 몇 가지 문제들을 짧게 말씀드리고 싶습니다.

첫째, 과학을 농업 공동체의 요구와 연결할 수 있도록 만드는 것입니다. 제가 1970년대의 인도와 1980년대의 방글라데시에서 진행했던 두 가지 연구의 예를 들어보겠습니다. 저는 인도에서 '양식'의 중요성에 대한 인식이 전혀 없던 1960년대 초기에 양식 연구를 시작하였습니다. 그때 저는 낚시와 야생 어업에 관한 연구를 해달라고 요청을 받았습니다. 하지만 1970년대에 제가 깨달은 것은 물고기에 대한 수요를 충족하기 위해서는 수산업이나 자연 낚시뿐만 아니라 '양식'을 진행해야 한다는 것이었습니다. 그래서 1971년 낚시 연구에서 '양식에 관한 연구 담당'으로 옮기게 되었습니다. 당시 헥타르당 국가 평균 물고기 생산량은 800kg이었는데, 그때 인도에 있는 제 동료는 실험 농장에서 연간 헥타르당 3톤을 생산할 수 있는 기술을 개발하였습니다. 하지만 새로운 기술은 농업 빈민층들에게 전수되지 못하였습니다. 그 기술들은 연구소의 이상적인 조건하에서 개발되었고, 농부들은 그것들이 자신들의 농장의 조건과 상이하며 경제적으로도 실현 불가능하다고 생각했기 때문입니다.

스와미나탄(M.S. Swaminathan) 교수는 그 프로그램의 개발자로 세계식량상의 첫 번째 수상자가 되었습니다. 저는 스와미나탄 교수가 개발한 그 기술을 현장에 가져가 열악한 농업 생태 조건에 적용될 수 있도록 연구하는 임무를 맡았습니다. 그것이 제에게 처음으로 주어진 양식 관련 업무였습니다. 그 전에는 양식에 대해 아무런 경험이 없었습니다. 저의 첫 번째 임무는 농업 공동체와 개발 기관 현장에 찾아가서 그들이 가지고 있는 천연 자원, 재원, 인력 등을 보고, 그들의 잠재력과 한계를 파악하는 것이었습니다. 우리는 농업 공동체와 협의하여 연구소에서 개발된 기술들을 현장에도 적용할 수 있도록 수정하기 시작했습니다. 모두가 놀란 것은 실험에서는 헥타르당 물고기 생산량이 3톤이었는데 반해 농장에서의 첫 번째 연도 생산량은 헥타르당 5~6톤이었다는 사실입니다. 이것이 인도 양식 발전의 시작이었습니다. 1970년대 어류 생산량 7만 5천 톤에서 현재 인도는 연간 2백만 톤 이상의 어류를 생산하고 있습니다. 그 당시에 우리는 '청색혁명'이라는 말을 쓰지 않고 '양식혁명'이라고 했습니다.

둘째, 버려진 연못을 활용한 지역 맞춤형 양식 기술 개발입니다. 제가 FAO와 월드센터에 소속되어 방글라데시에서 활동할 때의 사례입니다. 1986년 그곳에 갔을 때, 저는 물이 매우 풍부한 것을 발견했습니다. 방글라데시는 저지대 국가로 국토의 2/3 이상이 3~5개월 동안 수몰되어 있는 상황이었는데, 물은 많았지만 물고기는 보기 힘들었습니다. 생선 가격은 매우 비쌌고, 사람들은 충분한 생선을 수확할 수 없었습니다. 그래서 저는 '물이 있는 상황에서 물고기를 키우기 위한 기본적인 요소가 무엇이며, 물고기가 많이 없는 이유는 무엇인지'에 대해 고민하기 시작했습니다. 방글라데시에는 5백만 개의 연못이 있었으며 50~60만 개 이상은 연중 3~5개월 동안만 물이 있는 소규모 농가 연못이었습니다. 그 연못들은 수초로 가득했으며 모기 번식 장소가 되어 사람들의 건강을 위협하고 있었습니다.

저는 제 동료에게 "여기는 최적의 양식지인데 왜 사람들은 양식을 하지 않는 겁니까?"라고 물었습니다. 그들은 "잉어 양식을 시도했지만 물이 탁하고 얕아서 물고기들이 자라지 않았습니다. 그래서 우린 포기할 수밖에 없었죠."라고 말했습니다. 저는 "우리는 결코 포기해서는 안 됩니다. 당신은 오직 3가지 종류의 물고기밖에 시도하지 않았습니다. 양식에 적합한 물고기 종은 240종이 넘습니다. 이 지역에 적합한 물고기 종을 찾아봅시다."라고 제안했습니다. 그렇게 우리는 실험을 시작하였고, 드디어 탁하고 얕은 물에서도 살 수 있는 2가지 종의 물고기를 찾았으며, 3~5개월 안에 시장에 팔 수 있는 크기까지 키울 수 있었습니다. 그 두 가지 양식 종은 '틸라피아'와 '실버 바브'라고 불리는 연어였습니다. 그 두 어종은 5개월의 시간 동안 150~200g까지 성장했습니다. 시장에서도 생선에 대한 수요가 증가하였으며, 사람들은 3~5개월이라는 짧은 시간 만에 1~2톤의 생선을 얻을 수 있게 되었습니다. 그리고 이것이 방글라데시 양식 산업의 혁명을 불러왔습니다. 연구를 시작한 때인 1986년에는 방글라데시의 어업 생산량이 17만 톤이었는데, 현재는 85만 톤이 되었습니다.

방글라데시 사례를 통해 제가 깨달은 것은 '농촌 맞춤형 양식 개발'입니다. 만약 우리가 농촌 농부들에게 이익이 되고 생산량을 증가시키는 소작 양식을 얘기할 때, 우리는 독립적인 활동이 아니라 다른 농업 활동을 통합한 농촌 맞춤형 양식을 생각해보아야 합니다. 아시아에서 개발된 이 시스템은 '작물 농업, 축산업, 양식을 통합'하는 것으로 현재 아프리카에서 시도되고 있으며 가구 소득 증가, 작물의 다양성 확보, 친환경적 방식의 긍정적인 결과를 낳았습니다. 이 시스템은 쌀농사를 지을 때 제초제와 살충제를 쓰지 않거나 덜 쓰기 때문에 환경을 해치지 않습니다.

예를 들어, 아시아에서 진행했던 어업과 농업의 통합방식은 농부들의 소득 증가뿐 아니라 쌀과 어류 생산량을 9~11%까지 증가시켰습니다. 또한 살충제 사용을 현격히 감소시켰습니다. 저희가 IPM(통합 해충 관리)을 진행했을 때, 농업 연구원들은 농부들에게 "살충제를 쓰지 마시고 IPM을 따르세요. 그러면 작물들도 피해를 입지 않을 것이며 모든 것이 괜찮을 것입니다."라고 설득했습니다. 그러나 위험을 감수하고 싶지 않았던 농부들은 여전히 살충제를 사용했습니다. 하지만 우리가 물고기들을 논에 넣었을 때, 농부들은 살충제를 사용하면 물고기가 죽을 수도 있다고 생각하게 되었고, 살충제 사용에 신중하게 되었습니다. 그래서 어업의 통합은 간접적으로 IPM을 소개하는 데도 도움을 주게 된 것입니다.

셋째, 교육으로서의 접근입니다. 국제연합식량농업기구(FAO)와 국제노동기구(ILO)의 가장 최근 보고서에 따르면, 세계적으로 농업과 관련 있는 11억 명 중 4천 5백만 명은 하루에 1달러 미만을 번다고 합니다. 세계적으로 2억 4천 6백만 명의 아이들이 일을 하는 것으로 추정되며, 그중 1천 7백만 명 이상, 즉 70% 이상이 농업에 종사하고 있습니다. 매년 22,000명의 아이들이 농사일을 하다 죽어가고 있습니다. 이런 상황이 계속 되도록 그냥 내버려 둘 것입니까? 아니면 이것을 위해 무엇인가를 할 것입니까? 과학자, 계획가, 관리자, 개발 기관들은 이 상황을 개선할 수 있도록 무언가 조치를 취해야만 하는 것입니다.

이 맥락에서, 우리가 땅이 없는 농촌 공동체를 농업에 포함시키기 위해 어떤 노력을 기울였는지, 농업을 통해 어떻게 유익하게 했는지 예를 하나 들어보겠습니다. 방글라데시에서 일을 할 때 저희는 농업의 용도로 쓰이지 않는 공공 및 사유의 많은 수역을 보았습니다. NGO와의 협력으로 5~10명의 토지가 없는 사람들로 구성된 작은 그룹을 형성하였고, 그들에게 경제활동을 할 수 있도록 동기를 부여하고 기술을 교육하였습니다. 그리고 그때까지 사용되지 않았던 수역을 땅이 없는 사람들에게 빌려주었습니다. 이것 또한 성공적이었습니다. 현재까지 이것은 지속되고 있으며 다른 나라들에서도 이 케이스를 따르고자 노력하고 있습니다.

넷째, 여성의 역량 강화입니다. 저는 방글라데시에서 연구 활동을 하며 그 나라의 여성들은 집안일만 하기 때문에 수입이 아예 없거나 거의 없다는 사실을 알게 되었습니다. 이에 우리는 여성들을 농업 활동에 참여시키는 방안을 고려해보았습니다. 저비용, 저투입, 고출력 농업 기술은 농장 연구를 통해 발전되었었으며, 연못이 여성들의 주택가에 있었기 때문에 그 기술은 여성에게 적합한 것이었습니다. 그래서 우리는 여성 그룹들에게 동기를 부여하고 교육을 시켰습니다. NGO 단체들은 그들에게 소액을 대출해 주었고, 그들은 양식을 하기 시작했습니다. 다시 한 번 이것은 큰 성공을 거두었습니다. 현재 방글라데시 어류 양식업 종사자의 60%가 여성입니다. 양식업이 어류 생산량의 증가뿐 아니라 가계 소득 증대, 영양 증진, 여성의 사회적 지위 향상도 함께 이루어낸 것입니다. 그전에는 여성이 가정과 사회에서 인정을 받지 못하는 존재였지만 현재 여성은 가정에서 돈을 버는 구성원입니다. 몇몇의 여성들이 저에게 "이전에 제 남편은 저를 때리곤 하였습니다. 하지만 지금은 그렇게 하지 못합니다. 왜냐하면 제가 남편보다 돈을 더 많이 벌기 때문이죠."라고 말합니다. 여성의 양식업 참여는 여성의 인권 향상이라는 결과를 가져왔습니다.

이 모든 활동들은 방글라데시의 시골 경제를 변화시켰습니다. 어류는 가정의 식량 안보를 위해 없어서는 안 될 것이 되었으며, 빈곤층을 위한 일자리를 창출하고 수익을 증대하는 수단이 되었습니다. 우리가 처음 농촌 공동체들과 함께 일을 시작할 때, 생선은 자급자족을 위해 가계에서만 소비될 것이라고 생각했었습니다. 그러나 농부들은 물고기 생산의 약 20%만 가계에서 소비하고, 80%는 현금 소득을 창출하기 위해 판매를 하게 되었습니다. 그들은 자기가 양식한 높은 가치의 종을 팔며 수익을 창출하고, 보다 가치가 떨어지는 건조 물고기를 구입하고 있었습니다.

다섯 번째, 향상된 물고기 품종의 개량입니다. 여기에 계시는 녹색혁명의 아버지인 노먼 볼록 박사님, 녹색혁명을 이야기한다면 그것은 녹색혁명의 기술 때문이었다고 합니다. 수백만 명을 굶주림으로부터 구한 유전적 증강과 균주의 혼성화 기술 때문이었던 것입니다. 하지만 물고기의 경우는 그렇지 못했습니다. 아시아와 아프리카에서 현재 양식하고 있는 물고기 종은 부화장에서의 연속적인 사육으로 인해 야생 물고기보다 영양 성분이 떨어지는 경우가 많습니다. 그래서 월드피시센터는 1980년대 말과 90년 물고기의 유전적 증강을 위한 방법을 연구하기 시작했습니다. 시험 종으로 '나일 틸라피아'를 사용하여 열대어의 유전적 향상을 위한 방법을 개발하였습니다. 향상된 나일 틸라피아는 아프리카가 원산지이며 유전 변형 종은 다섯 세대 후 기본 종과 비교하여 85% 빠른 성장률을 보였습니다. 이 유전적 증강 방식은 현재 세계 양식 생산의 60% 이상을 차지하고 있는, 잉어와 같은 양식업의 다른 주요 종을 위해 사용되고 있습니다. 이미 아시아의 다른 나라의 종, 유전종의 3세대가 지난 종들은 30% 이상의 증가를 보이고 있습니다.

여섯 번째, 좋은 상태의 환경을 지키는 것입니다. 수상 발표 후, 저는 수상자 발표 사이트에 누군가 달아놓은 답변을 보았습니다. "오, 환경에 또 다른 타격이군." 그들은 어업이 항상 환경 파괴의 결과를 초래한다고 생각합니다. 물론, 일부 맞는 부분도 있습니다. 새우양식의 초기 단계에서 맹그로브가 많은 나라들에 의해 파괴되었습니다. 하지만 사람들은 자신들이 저지른 실수를 인정하였고 시정 조치를 취하였습니다. 새우는 우리가 이야기하고 있는 세계 농업 생산의 아주 조그마한 부분일 뿐입니다.

일곱 번째, 공공 및 민간 부문 간의 파트너십을 개발시키고 작물과 가축 부문으로부터 교훈을 얻는 것입니다. 작물 분야의 종자 생산은 민간 부문에서 아주 잘 진행되어 왔습니다. 하지만 물고기의 경우, 우리는 아직 그 수준에 미치지 못하고 있으며, 더 향상된 파트너십을 구축하고자 노력하고 있는 중입니다. 공공 및 민간 부문과의 파트너십을 개발할 수 있는 가능성이 있는 것입니다.

여덟 번째, 양식에 대한 정책 지원입니다. 거의 모든 나라에서는 양식 개발을 위한 정책이 마련되어 있습니다. 하지만 빈민층에게 기술을 전수할 수 있는 정책은 아직 부족합니다. 양식지뿐만 아니라 전략, 개발 계획, 인간과 경제 모두의 적절한 자원 할당이 필요합니다. 어류 수요를 충족시킬 수 있는 어류 생산량 증가를 위한 정책과 전략을 실행하고자 하는 정부의 의지력도 필요합니다. 세계화, 무역자유화 시대에 맞게 사회의 모든 계층에게 맞는 적당한 가격, 수용 가능하며 접근 가능한 상품을 만들어 내는 데 초점을 맞추어야 하는 것입니다. 우리는 청색혁명의 시작에 있지만 더 절실한 것은 과학을 어려운 사람들을 위해 사용할 수 있어야 한다는 점입니다. 우리 모두가 성공을 위해 함께 손잡고 동참하기를 바랍니다.

마지막으로 제가 이 상을 받았지만 여전히 조금 슬픕니다. 저는 백만 명의 가족들이 양식에 참여하도록 설득했지만 오늘 여기에 자리한 제 아내는 40년간, 제 형은 60년간 설득에 성공하지 못했습니다. 하지만 저는 포기하지 않을 것입니다. 여전히 도전하고 있습니다. 언젠가는 성공할 수 있으리라 생각합니다.

감사합니다.

Modadugu Vijay Gupta

Born 1939. 8. 17. India

Calcutta University Ph.D. in Biology

Indian fisheries scientist

Professional Background

1971-1977	Scientist, Indian Council of Agricultural Research (ICAR)
1977-1981	Fish Breeding Expert, Mekong Secretariat, UN-ESCAP (Lao PDR)
1981-1985	Senior Aquaculture Scientist, Mekong Secretariat, UN-ESCAP, Thailand
1986-1989	UN-FAO Fish Culture Specialist/Officer-In-Charge (Bangladesh)
1989-1996	Senior Aquaculture Specialist/Officer-In-Charge, WorldFish Center (CGIAR) in Bangladesh, Malaysia, Philippines
2003-2004	Assistant Director General, International Relations and Partnerships, WorldFish
2005-Present	Advisory services to various international organizations (World Bank, Asian Development Bank, UN Development Program, US Agency for InternationalDevelopment, ect.)

Major Awards

2005	World Food Prize <World Food Prize Foundation>
2007	Gold Medal <Asian Fisheries Society>
2009	Honorary Life Member Award <World Aquaculture Society>
2010	Eminent Agriculture Scientist Award <Government of Andhra Pradesh, India>
2015	Nutra India Summit Life Achievement Award <Nutra India Summit>

모다두구 비제이 굽타

1939. 8. 17. 인도 출생
인도 켈커다 대학 생물학 박사
인도의 양식 과학자

주요 경력

1971-1977	인도 농업연구위원회(ICAR) 과학자
1977-1981	유엔 아태경제사회위원회 라오스 메콩 사무국 어류 사육 전문가
1981-1985	유엔 아태경제사회위원회 태국 메콩 사무국 수석 양식 과학자
1986-1989	UN-FAO 방글라데시 어류 양식 전문가
1989-1996	월드피시센터 수석 양식 전문가(방글라데시, 말레이시아, 필리핀)
2003-2004	월드피시센터 국제관계 및 파트너십 담당 사무총장보
2005-현재	국제기구 양식 프로젝트 자문 (세계은행, 아시아개발은행, 유엔개발계획, 미국 국제개발처 등)

수상 경력

2005	세계식량상 수상 〈세계식량재단〉
2007	금메달 수상 〈아시아 양식학회〉
2009	명예평생회원상 수상 〈세계 양식업 협회〉
2010	우수 농업 과학자상 수상 〈인도 안드라 프라데시 주〉
2015	뉴트라 인도 회담 공로상 수상 〈뉴트라 인도 회담〉